Rizzoli la scala

Dacia Maraini

La grande festa

Rizzoli

ISBN 978-88-17-05548-2

Prima edizione: novembre 2011

La grande festa

Quando non sarò più in nessun dove
e in nessun quando, dove
sarò, e in che quando?

Giorgio Caproni

Mi capita spesso di sognare mia sorella che se ne è andata più di dieci anni fa. E non la vedo con la faccia gonfia e la gola bucata che mi facevano disperare le ultime volte che l'ho visitata in ospedale. Il suo viso è sereno e integro; gli occhi sono limpidi, i capelli le scivolano lunghi e lisci sulle spalle. Ha le gambe snelle e robuste e porta ai piedi le scarpe da tennis rosse di quando era ragazza e camminava spedita incontro al futuro.

Nel sogno mi parla, ma le sue parole non mi raggiungono che smozzicate. Non mi sembra triste, ma quieta, pronta ad uno dei suoi scoppi di allegria. È in procinto di partire, ma per dove? Non mi è dato saperlo.

Qualche volta la vedo accovacciata in riva a un fiume, mentre gioca con i sassi. La gonnellina bianca le scende a campanula sulle ginocchia piegate, posandosi delicata sui piedi nudi. Non so di che fiume si tratti:

forse quello gonfio e scuro di Karisawa che scorreva impetuoso nelle vacanze della nostra infanzia giapponese, costeggiato di sottili bambù. Oppure è un altro fiume, l'Oreto, che unisce Palermo a Bagheria. Un fiume che già quando noi eravamo bambine era ridotto a un fosso dove si scaricavano le immondizie, ma il ricordo storico si sovrappone a quello fisico proponendomi acque ribollenti di un grosso fiume settecentesco ormai quasi interamente scomparso. Mi chiedo, svegliandomi di soprassalto, quale sia questo luogo da cui sembrano guardarci i morti; questo luogo in cui i nostri cari scomparsi appaiono più vivi di noi; questo luogo in cui le epoche della vita si confondono con tanta facilità e con tanto struggimento.

Si tratta solo di quel terrazzino che sovrasta la casa dei nostri pensieri, oppure è dotato di una sua sostanza reale, di quella realtà che hanno le cose che respirano, anche se non sono di questo mondo? Secondo la poetica immaginazione del teatro Nō giapponese, questo luogo esiste ed ha la forma di un'isola dai contorni sfumati e vibranti. Un'isola su cui soffiano venti dolci, benevoli: sulle sue coste si avventano fiacche le onde che vorrebbero diluire il passato senza riuscirci. Quest'isola ha il potere di richiamare sulle rive i morti che hanno in comune con i vivi qualcosa di non concluso, di ancora sospeso: un ragionamento, una giustificazione, un sentimento tagliato a metà, un ricordo. E lì, chiusi in abiti eleganti dai colori vivaci, intavolano conversazioni lievi e complicate con i loro ascoltatori. I vivi rispondono alla logica dei morti, inchinandosi con devozione alle loro presenze misteriose. Il dialogo si snoda fragile e disinvolto, piacevole all'ascolto. La sola cosa che i morti non tollerano è l'arroganza. Di fronte ad essa semplicemente si volatilizzano, scompaiono.

Certo i morti hanno qualcosa di profondo da dire ai vivi, si tratta di intenderli. Non sempre è facile, perché il loro linguaggio è come il posto in cui abitano: isole sospese sulle acque, dai contorni sfumati e frastagliati. Qualcuno li ha definiti Paradiso e Inferno. Luoghi rintracciabili in tanti quadri bellissimi che hanno provato a rappresentarli ai nostri occhi increduli.

L'Inferno di Bosch, quello di Blake, sono brulicanti di figure mirabili, ma la teatralità e la favola sconfiggono la paura che dovrebbero suscitare. Anche se ho camminato dentro quel tipo di Inferno, seguendo le orme del nostro amico Dante, arrampicandomi con lui su per salite impervie, scendendo per viottoli sdrucciolevoli, incantandomi davanti ai prodigi davvero strepitosi dell'immaginazione del castigo, mi ostino a credere che Paradiso e Inferno siano una meravigliosa costruzione letteraria.

Il Paradiso poi, l'ho sempre sentito come un luogo troppo astratto e gerarchico. Una specie di collegio militare per angeli pronti a esultare e salmodiare. No, con tutto l'amore per le meraviglie linguistiche di Dante, l'immaginaria divisione cattolica medioevale fra buoni e cattivi mi risulta noiosa e prevedibile.

Mi attirano di più le cosmogonie africane, che vedono il luogo dei morti molto vicino agli spazi familiari ben noti ai vivi. Spazi molto simili a quelle capanne addossate le une alle altre nelle vicinanze delle foreste tropicali. Per molti africani i morti abitano il cavo di alcune piante dalla corteccia rugosa e palpitante: i baobab, per esempio, sono come caseggiati gremiti di anime chiacchierine. Oppure hanno dimora nei pantani, lì dove le ranocchie fanno i cerchi saltando da una pietra nell'acqua. O ancora si nascondono dentro i nidi di certi uccelli rapaci quando questi li abbandonano per spostarsi verso sud.

I fiumi sono spesso prediletti dai morti, non so perché. Gli egiziani passati a miglior vita, per esempio, venivano imbarcati assieme ai loro servi su scialuppe a remi, protetti da una strutturina in legno e tela che li riparava dal sole e dalla pioggia, perché si lasciassero scivolare sulle acque schiumose verso il paese del non ritorno. Nella fantasia dei greci – che pure sono un popolo di mare – era il fiume Stige a dividere i due mondi, e c'era un barcaiolo, Caronte, che trasportava i defunti nel regno delle ombre.

C'è un fiume che scorre in mezzo alla bellissima città di Abidjan e qualche volta mi viene in sogno con le sue onde lunghe e lucide, colore della pietra. Lì, sulle sue rive si trovano due persone morte da parecchi anni, ma che si affacciano spesso ai miei pensieri. Uno porta un cappellaccio di tela calcato in testa, i sandali alla fratina, i calzoni larghi e una camicia di madras. Si chiama Alberto. L'altro, più piccolo, con la faccia abbronzata e gli occhi sorridenti, indossa dei calzoncini bianchi e una camiciola verde bottiglia. Al dito mignolo un piccolo turchese comprato nel suk di Dakar. Si chiama Pier Paolo.

In una giornata di vento parlano fra di loro ma le parole volano via leggere. Poi Pasolini, rivolto a me, chiede: «Mi fai un caffè?». Lui infatti non sapeva neanche accendere il gas in cucina.

Quando ci trovavamo a Sabaudia, nella casa che avevamo in comune, la mattina Pier Paolo veniva da me perché gli scaldassi un po' di latte. Solo se sua madre non era con lui naturalmente, perché altrimenti avrebbe pensato a tutto lei. Dalla madre Pasolini si faceva servire come fosse un bambino maldestro. Per servirla a sua volta con tutto l'amore di cui era capace, umile e devoto, appassionato come un novello fidanzato.

Una notte ho sentito Alberto che mi diceva: «Ho un po' freddo quaggiù. Mi metti una coperta?». E io mi sono svegliata che già stavo con le mani nell'armadio alla ricerca di una coperta per il suo corpo sepolto.

Eppure in vita non era freddoloso. Appena poteva si metteva in camicia. Aveva una collezione di camicie bellissime, dei colori più teneri: rosa fragola, celeste cielo, verde foglia, a righe, a quadretti, a rombi. Andava fiero delle sue camicie sempre pulite e stirate. Che camicia mi metto oggi? chiedeva con un misto di timidezza e civetteria. Quella color lampone. Lui apriva l'armadio, tirava fuori una camicia e stendendola per aria mi diceva: questa? No, quella lampone con le righe bianche. E lui correva a prenderla.

Una volta in India abbiamo scoperto un sarto che confezionava camicie su misura in due ore. Alberto ne ha ordinate quattro, di madras dai quadri color pastello, freschissime, di puro cotone indiano. In quell'occasione anch'io mi sono fatta fare due camicie di madras che conservo ancora in qualche cassetto dimenticato.

Alberto è morto nel modo più rapido e indolore. Un ictus l'ha buttato a terra subito dopo la doccia, nel suo bagno della casa di Lungotevere della Vittoria dove abbiamo abitato insieme per una quindicina di anni. Una morte che assomiglia al suo carattere spiccio e razionale, impaziente e schietto. Una morte senza agonie, senza strazianti addii, senza ospedali, tubi, aghi, che l'ha trasportato dalla coscienza all'incoscienza con la rapidità di un fulmine.

Giusto il giorno prima era venuto a pranzo da me. Allegro, festoso, una camicia rosa e una giacca chiara, mi ha chiesto se lo accompagnavo la domenica a prendere i sandali dimenticati a Sabaudia. Gli ho detto di sì. Carmen era in viaggio con un altro uomo: «Ma sai, non posso dire niente, sono tanto più vecchio di lei». La generosità non gli impediva di essere geloso. Ma non era disperato. Coltivava in qualche modo la sua gelosia come una piccola malattia del cuore che gli ricordava la giovinezza lontana.

La cameriera che era in casa quando è morto ha telefonato al primo numero che ha trovato, quello di Enzo Siciliano. E lui ha chiamato me. Urlando senza nessun riguardo «Alberto è morto, hai capito? Alberto è morto!».

Lì per lì non gli ho creduto. Ma se ieri era qui, allegro e sanissimo? E lui ha aggiunto sempre concitato: «Aspettami che ti passo a prendere, così ci andiamo insieme, fra dieci minuti sono da te».

Invece non è venuto né dopo dieci né dopo venti né dopo quaranta minuti. E ho dovuto prendere un taxi per correre al Lungotevere della Vittoria dove ho trovato il mio amato Alberto, steso sul letto dove abbiamo dormito tante notti insieme, la faccia fresca, serena, gli occhi chiusi, coperto da un asciugamano, poiché non avevano fatto in tempo a vestirlo.

Al pari di mia madre Alberto per me rappresentava l'eternità. Non ho mai pensato alla sua morte. Anzi, dentro di me ero convinta che sarei morta io e lui avrebbe continuato la sua vita certosina fatta di ore di scrittura la mattina, del cinema nel pomeriggio, di cene con gli amici la sera, sempre seducente, sempre allegro, sempre pieno di storie meravigliose da raccontare, sempre pronto a entusiasmarsi per un nuovo progetto di viaggio, una nuova lettura, una nuova amicizia.

Per questo la sorpresa mi ha colpito come un pugno in pieno petto. Un tradimento del tempo che chiudeva una porta, che sarebbe dovuta restare aperta, mi faceva lo sgambetto e mi mandava a terra mentre mi sentivo sicura camminando tranquilla su una strada piana.

Ancora oggi sono incredula. E la notte mi sveglio con la sua voce nell'orecchio che dice: «Allora, preparati ché domenica andiamo in Uganda». E io mi preparo ad aprire la valigia, scegliere camicie leggere, un cappello per il sole, e la macchina fotografica. Andiamo, dico, e mi sveglio sola in un letto cosparso di libri.

Un'altra notte, sulle rive del Bandama, c'era anche lei: Maria Callas, con indosso un paio di blue jeans elasticizzati come li portava nel nostro viaggio in Africa negli anni Settanta. Aveva gli occhi allungati dal trucco verso le tempie, come nella recita dell'*Aida*. Ascoltava rapita una canzone d'amore. Ero andata a chiamarla per la cena nella stanza d'albergo di Bamako e l'ho trovata seduta su una poltroncina vicina alla radio mentre si godeva la voce armoniosa e sentimentale di Claudio Villa. «Pensavo che tu ascoltassi solo l'opera» le ho detto stupidamente. E lei ha risposto con un sorriso misterioso. Nei riguardi delle canzoni popolari aveva la stessa ammirazione infantile (nel suo cuore era rimasta una bambina contadina del Peloponneso) che riservava ai grossi diamanti, agli abiti firmati, agli yacht di lusso. Un anello di smeraldi non serviva per abbagliare il pubblico, ma per poter diventare invisibile, come accade nelle favole o per volare contro il sole in una sera di tramontana.

Maria era timida e sfacciata, come a volte possono esserlo le bambine che si sono trovate ad entrare, scalze e ignoranti, nel mondo dorato delle feste da ballo, dei principi azzurri. Era anche triste come capita a una ragazzina che ha conosciuto la miseria e poi la ricchezza senza rendersi conto dei passaggi da una condizione all'altra. La sua vita era stata una specie di gioco al saltarello fra i miracoli. E certamente, anche oggi, su quel fiume, conserva la facoltà di entrare saltando nel prodigioso della nostra immaginazione, senza stupirci più di tanto.

Nel viaggio africano ci è capitato di passare giornate intere sedute accanto, Maria ed io, e una notte anche di dormire nella stessa stanza. Mi ha stupito che si svestisse come una monaca, togliendosi la biancheria con addosso la gonna e la camicetta, senza mai mostrare il corpo nudo. «Vuoi che esca dalla stanza?» Che poi non era una stanza vera e propria ma una specie di sgabuzzino dal pavimento di cemento su cui poggiavano due letti di ferro arrugginito. Ha scosso la testa con fare impacciato. Sapeva che non c'era un posto dove avrei potuto spostarmi: fuori c'erano le iene a passeggio nella notte. Lei che era abituata ai grandi alberghi! Ma avrebbe fatto qualsiasi cosa per amore di Pier Paolo. Che in cuor suo intendeva guarire dalla stupida omosessualità per farne un compagno fedele, magari un marito per la vecchiaia. Era commovente in quel suo trafficare con le stoffe, coi cuscini dalle federe sporche, con gli asciugamani bagnati, con l'acqua che usciva fredda e gialla dall'unico rubinetto del rifugio. Era innamorata e non capiva un accidente di quell'uomo intelligente e complicato che l'amava con trasporto, ma solo di un amore platonico.

Nel sogno Maria mi chiede, come ha fatto più volte durante il nostro viaggio in Mali: «Credi che mi ami?». E io la rassicuro, perché so che lui era incantato da lei e avrebbe fatto qualsiasi cosa per la sua Maria. Salvo passare la notte con lei. Ancora una volta sento la sua bella voce ampia e profonda che dice «Credi che mi ami?» e mi sveglio tentando di pronunciare parole che non riescono a uscire dalla bocca.

Thornton Wilder scrive che c'è un paese dei vivi e un paese dei morti che si fronteggiano e si guardano senza mai toccarsi. Il solo passaggio possibile è attraverso un ponte creato dalla curiosità e dagli affetti. Eppure quel ponte è di difficile accesso. E spesso i vivi recidono quel legame per paura di essere contagiati dalla morte come da una terribile malattia. Ogni conversazione con chi se n'è andato viene interrotta da questo timore panico; così i morti vengono respinti nel luogo da cui si erano mossi. Che se ne stiano fra loro e non ci turbino! Che vogliono, insomma, questi defunti? Non staranno diventando troppo pretenziosi? È questa la domanda che si pongono in molti con la voce del pensiero.

Ma qual è, torniamo a chiederci noi, il luogo dei morti? Un deserto pieno di vipere nascoste? Un'isola di rocce alte e ostili in un lago tetro e profondo, come si vede nell'evocativo quadro di Böcklin? O un fiume che scorre pacifico, come il Nilo, trasportando le sue sognanti barche cariche di defunti rematori?

Ricordo un episodio bellissimo di un film di Kurosawa: un capitano in divisa cammina lungo una strada asfaltata, apparentemente solo. Ma dopo aver superato un tunnel sente dietro di sé l'eco di passi marziali. Si ferma, si volta, ma non vede che ombre. Poi, guardando meglio, scopre che si tratta dei suoi soldati morti in una azione al fronte. «Siete stati uccisi, tornate indietro, lasciatemi in pace!» dice con voce suadente. Ma i soldati, con le loro divise, gli scarponi incrostati di fango, i polpacci bendati, i tascapani pesanti, i fucili in spalla, continuano a seguirlo, non si sa se spinti dall'affetto, da una fedeltà tenace e abitudinaria, o da un sordo sentimento di rancore perché lui, il capitano, è il solo ad essere rimasto vivo in quella azione di guerra.

A volte sono anche questo i nostri morti: delle appendici strazianti che chiedono solo attenzione e compagnia. Altre volte sono dei buffi compagni che ci propongono strani indovinelli, misteriosi enigmi che paradossalmente però possono risultare risolutivi per illuminare una zona oscura del nostro cuore ferito.

Isola, fiume, lago, il paese dei morti ci incuriosisce, non solo perché ospita i nostri cari, ma perché sappiamo che ospiterà prima o poi anche noi, per l'eternità. L'eternità esiste allora? E chi lo sa. Nessuno ci dice niente di sicuro al proposito. Sappiamo di non sapere, forse solo questo. Molti, andandosene dicono: vado a raggiungere il papà, la mamma, mio figlio, mia figlia, eccetera. Ma dove vanno a incontrarli?

Per gli anarchici del pensiero si tratta solo di una stupida illusione annidata fra le pieghe del cervello che, non riuscendo ad accettare l'idea di finire nel nulla, si inventa dei luoghi di fantasia per il "dopo vita". Sono luoghi piacevoli in genere, in cui scorrono fiumi pescosi, in cui il clima è mite, e gli alberi sono carichi di frutti succosi.

L'idea del nulla è sgraditissima a molti e quasi inaccettabile per la mente umana. Solo alcuni stoici riescono ad affrontare la prospettiva di un dissolvimento totale del corpo e dell'anima (ammesso che esista questa divisione) nel grande caos della materia. Tutti gli altri pensano, vogliono pensare che ci sarà un giardino, un campo, una città, una nave forse, sospesa fra le acque eterne come quella di Noè, in cui i morti si raccolgono per prolungare, anche senza il possesso del corpo, quella vita che hanno assaggiato e goduto per un tempo troppo breve.

"In molte religioni antiche, l'aldilà è proposto come un magnifico luogo che rappresenta il meglio che l'esistenza terrena possa offrire" spiega la mia amica Josepha che insegna Filosofia in una università americana ed è dotata di una memoria strepitosa. "La mitologia cinese, per esempio, racconta di un Paradiso, situato nelle Isole Felici, che ha al centro una magnifica dimora, il Palazzo dell'Immortalità sospeso sulla superficie dell'oceano. L'isola è governata da una regina che si chiama Hsi Wang Mu, la madre del Paradiso Occidentale." "Tu ci pensi all'aldilà?" le chiedo ammirando il coraggio con cui porta i capelli grigi tagliati alla marinara. "Il mio pensiero, quando non lo tengo al guinzaglio della logica, vaga sognante. Qualche volta si sofferma sul dopo morte, ma senza costrutto, facendo sue le stupide utopie della trascendenza" risponde.

Mia sorella Yuki aveva una voce delicata e robusta nello stesso tempo, amava le canzoni popolari, che raccoglieva con la cura di un giardiniere sempre chino sui fiori, riconoscendone la qualità dal profumo, togliendo con delicatezza le foglie morte, insomma una esperta della coltivazione della voce e delle scorribande delle sue radici.

Aveva studiato pianoforte classico a Palermo, poi canto a Roma e a Firenze dove ha debuttato come soprano leggero con lo *Stabat Mater* di Pergolesi. Ha fatto parte del Coro del Gonfalone in via del Gonfalone, nei pressi di via Giulia. Conosceva a memoria tante canzoni siciliane. Nel 1968 ha abbandonato il canto classico per intraprendere una ricerca personale sul canto popolare italiano. La ricordo ragazzina abbracciata a una chitarra più grande di lei, che cantava "Mamma nun mi mannati a lu mulinu / lu mulinaru mi vulia vasari, / di l'ura chi mi vitti accumpariri / mi scarrica e mi stuia li suduri" (Mamma non mi mandate al mulino / il molinaio mi voleva baciare, / dal momento che mi ha vista comparire / mi alleggerisce e mi asciuga il sudore).

Una canzone del Seicento? Forse anche prima. Delle canzoni popolari è difficile individuare con precisione la data.

"Prima di tutti mi fa macinari, / a mia sula fa li boni misuri, / quanno vai a la vutti ad affacciari, / ddà si li scunta li boni misuri" (Prima di tutti mi fa macinare, / a me soltanto fa le buone misure, / quando vado alla botte ad affacciare, / là se le sconta le buone misure). Canzone popolare, che bada ai fatti, non edulcorata da stupidi compiacimenti hollywoodiani.

La ragazza si lamenta delle facilitazioni del molinaio, perché poi, come si conviene nei rapporti di mondo, vorrà la ricompensa e lei non è disposta ad accontentarlo. Quanto le costerebbe avere saltato la fila, avere avuto *boni misuri* per la farina? Segno fra l'altro che il mugnaio faceva spesso *li mali misuri*, ovvero truccava le misure per consegnare meno farina. "*Mamma nun mi mannati a lu mulinu!*"...

Ma la madre avrà dato ascolto alla figlia? È probabile che non l'abbia fatto. Chi poteva mandare al mulino la povera madre se non aveva figli maschi in casa? Così è probabile che abbia chiuso gli occhi di fronte agli abusi del mugnaio per ottenere delle misure di farina in più. È la storia di tante madri che ancora oggi spingono le figlie a subire, a contrattare, ad accettare gli abusi pur di guadagnare, magari non un poco di farina ma un poco di celebrità televisiva e un lavoro considerato vantaggioso.

Yuki cantava dolce con una voce piena e umile, gentile e raffinata. La voce che aveva ereditato dalla nonna Sonia, la quale era venuta dal Cile a studiare canto alla Scala di Milano dove conobbe mio nonno Enrico Alliata.

Ma sebbene avesse una voce soave e potente, a Sonia Ortuzar non era stato permesso di cantare in pubblico. Una signorina di buona famiglia non poteva salire sul palcoscenico senza essere considerata una prostituta. La nonna Sonia non ha mai digerito quella proibizione. In casa si era fatta sempre più capricciosa e crudele, sempre più collerica e risentita col marito paziente, con le figlie impazienti. Una voce da soprano lirico, elogiata da Caruso in persona, costretta a qualche concerto di beneficenza, ma come è possibile?

Ad un certo punto la nonna, bellissima bruna dagli occhi grandi e scintillanti, era scappata con l'innamorato del momento. Aveva messo su casa "in Italia", ovvero fuori dalla Sicilia, lontana dal marito e dalle due figlie. Ma poi anche quell'amore era finito e lei era tornata, pentita, a casa. E, cosa incredibile e scandalosa per la società siciliana, il marito l'aveva accolta con tolleranza e affetto, senza recriminazioni o vendette di sorta.

Il nonno Enrico era un uomo savio, gentile d'animo, colto. Aveva capito la scappata della moglie e ne aveva sorriso. Per lui era come una bambina incattivita dalla frustrazione. Ma lui l'amava per quello che era. Il suo spirito non era vendicativo. Desiderava sinceramente la pace, era vegetariano, seguiva le dottrine antroposofiche di Rudolf Steiner, si dedicava personalmente a coltivare le vigne di Casteldaccia secondo i principi biodinamici, lavorava assieme agli operai nella azienda vinicola Il Corvo, preferiva il cavallo all'automobile, trattava da amici e uguali i servitori, era un fervente lettore di Virgilio, di Voltaire, di Pascal, di Diderot, di Cesare Beccaria.

"Guvernu 'talianu / si' veru buttanu / ci suchi lu sangu / a lu pover'omu. / Li tassi chi metti / su' cosi tremendi / chi fanno trimari / li spaddi e li denti. / C'è tassi pi tuttu: / manciari e biviri, / vigghiari e durmiri, / campari e muriri. / C'è sulu ddu' cosi / nta chistu mumentu / chi nun su' suggetti / a lu tassamentu. / Guvernu 'talianu ti ringraziu, / chi pì pisciari non si paga daziu. / E chi pi farsi 'na cantata / nun c'è bisognu di carta bullata" (Governo italiano / sei davvero puttano. / Gli succhi il sangue / al pover'uomo. / Le tasse che metti / sono cose tremende / che fanno tremare le spalle e i denti. / C'è tasse per tutto: / mangiare e bere, / vegliare e dormire, / campare e morire. / Ci sono solo due cose / in questo momento / che non sono soggette / al tassamento. / Governo italiano ti ringrazio, / che per pisciare non si paga dazio. / E che per farsi una cantata / non c'è bisogno di carta bollata). Una canzone che ho trovato nel bel libro curato da Mimmo Mollica, *Le più belle canzoni siciliane*, per Armenio editore. Una canzone del 1828, di Benedetto Randazzo, intitolata *Guvernu 'talianu*.

Yuki cantava seduta su uno sgabello, la gonna un poco sollevata per tenere in grembo la chitarra, come un figlio tenerissimo: "Bedda risvigghiti / ch'u sonnu è viziu, / oh, chi sdilliziu / vicino di te. / E non mi diri lariu, / e non mi diri bruttu / se no mi spinnu tuttu / tuttu mi spinnerò" (Bella risvegliati, / che il sonno è vizio, / oh, che delizia / vicino a te. / E non mi dire laido, / e non mi dire brutto / sennò mi spenno tutto, / tutto mi spennerò).

Una nota malinconica si insinuava nelle onde musicali, anche quando cantava ballate festose. La nota dolorosa di un destino poco felice. Con tanti talenti dispersi, una inimicizia nascosta verso la spensieratezza, come se dovesse scontare un peccato non suo, qualcosa di avverso e sconsiderato di fronte a cui ha dovuto chinare la testa. Avversione sfociata in una malattia grave alle ossa che l'ha asciugata, rimpicciolita, rosicchiata, fino a ucciderla.

Quando andavo a trovarla all'ospedale di Rieti e le appoggiavo una mano sulla spalla, sentivo delle ossa fragili che sembravano sgretolarsi sotto le dita. Come certi gatti dalla magrezza nascosta sotto il pelo folto, ma che appena tocchi, ne senti le scapole striminzite che si muovono sotto pelle. Stringevo le spalle di una creatura che si stava consumando. Da lì a poco sarebbe morta e forse lo sapeva. Eravamo noi, suoi parenti a pensare il contrario. Ce la farà anche questa volta, ce la farà la nostra Yukina.

La guardavo portare alla bocca il cucchiaio pieno di quella triste minestra da ospedale e socchiudere gli occhi come se infrangesse la regola del digiuno. Bisognava nutrire il corpo che si stava consumando e lei lo faceva, con stanca determinazione, mandando giù la brodaglia pallida dalle bolle di grasso in superficie.

Quel corpo di bambina che mi era stato vicino, di cui ricordavo le leggerezze, l'agilità. Quel corpo che aveva nuotato nei profondi mari dell'Aspra, quel corpo che si gettava a perdifiato per le discese con una bicicletta senza freni, quel corpo che aveva messo su una pancia enorme quando era rimasta incinta di una figlia che è stata chiamata Yoi, come la nonna paterna.

Come aveva potuto perdere il suo fiato, la sua allegria e diventare un insieme di ossicini scricchiolanti? Impossibile capire la crudeltà del fato, vogliamo chiamarlo così? La parola è pomposa, ma d'altro canto la parola destino suona banale, e se lo chiamassi disamore di sé? C'era qualcosa in lei che la portava al dirupo dei sensi, a una perdita consapevole anche se mai lamentosa. Come se morire fosse un modo di aderire alla vita, di abbracciarla senza farsi male. In fondo tutti siamo condannati a morte. Se il carceriere lo stringi a te quando meno se l'aspetta, non sarà più mite e caritatevole?

A dieci anni era caduta sulla tolda della nave che ci riportava in Italia dal Giappone ed era rimasta in coma per parecchie ore. Tanto che i miei genitori avevano temuto per la sua vita. Ma per fortuna si era ripresa.

A quindici anni aveva contratto la difterite, e aveva passato due mesi chiusa in camera. Solamente mia madre aveva il permesso di entrare e uscire da quella stanza. Noi potevamo guardare attraverso i vetri chiusi della finestrella che dava sul cortile di villa Valguarnera. Era la lavanderia degli antichi duchi di Salaparuta. Ora ridotta a infermeria per la piccola "Yukina dagli occhi di giapponesina", come diceva mio padre. Sarebbe una ascendenza mongola, racconta la leggenda familiare, che deriva dalla famiglia della nonna Yoi, mezzo polacca e mezzo inglese e anche un poco ungherese, a causare quegli occhi a mandorla e gli zigomi alti. Ma la nonna non aveva la "plica mongolica", come la chiamava mio nonno con disprezzo. «Voi bambine avete tutte questa brutta plica mongolica, la bellezza è altra cosa.»

Un uomo sgradevole il nonno Antonio, sempre pronto a rimproverare, a scoraggiare. Lui e mio padre non andavano d'accordo. Hanno smesso di parlarsi quando un giorno il padre ha regalato la tessera del Fascio al figlio che gliel'ha stracciata sotto il naso.

A vent'anni, appena avuta la figlia, Yuki si è ammalata di artrite reumatoide. «Una cosa poco grave, da cui non si guarisce, ma con cui si può imparare a convivere» diceva il medico ottimista. Una convivenza pessima, a base di cortisone, e litio e cortisone: Yuki si gonfiava come un pallone. Ma poi è cominciata l'erosione alle ossa, la magrezza e la consunzione. Il cuore trottolava. E poi c'è stata l'occlusione alla trachea per la calcificazione delle corde vocali.

«Devono operarla d'urgenza» dice disperata, con voce di pianto, mia sorella Toni da poco tornata dal Marocco con le due figlie.

Mi precipito all'ospedale di Rieti. Trovo Yuki in una stanza grande, su un lettuccio accanto ad altri uguali. Vicino, il suo compagno con cui da anni ha ritrovato una intesa profonda, mia madre che nel suo ottimismo la tratta come se dovesse tornare a casa fra un giorno o due. Mentre qualcosa dovrebbe farci capire che non uscirà più da quell'ospedale. Ma noi ci rifiutavamo di capire.

Le avevano già aperto un buco in gola per farla respirare. Tirava l'aria penosamente da un piccolo tubo che sporgeva dal collo, coperto da una garza. In quella gola la voce delicata e farfallina di un tempo si era trasformata in un rantolo opaco. Quella gola di cristallo era stata spenta, recisa con un colpo di bisturi. E lei si portava continuamente la mano, dalle dita penosamente piegate, al collo con un gesto timido e incredulo. Penso che proprio allora abbia deciso definitivamente di andarsene.

Un viaggio di notte, con Giuseppe e la sua macchina bassa, verde bottiglia. In mezzo ai boschi addormentati, su una strada tutta curve, la nausea che mi stringeva la gola. Com'è difficile capire la morte! Fa capolino da tutti i pensieri ma non riusciamo mai ad afferrarla. La voce saggia di un filosofo cinquecentesco mi suona nell'orecchio: *Hic jacet Cremoninus totus!* Come dire: non sperate in un proseguimento, in una rinascita, in una trasformazione della materia in spirito. Cremonino col suo corpo giace interamente in questa tomba. Ma aveva ragione Cremonino? Oppure il suo corpo non sta interamente in quella sepoltura ma si trova altrove e oggi osserva la sua tomba con un sorriso di pietà sulle labbra sigillate?

Una volta arrivati in ospedale – intanto si era alzato un sole aranciato e gonfio – ci hanno mandato all'ultimo piano, il più luminoso. In quale stanza? Quella, ha indicato l'infermiera con il camice macchiato di caffè. I sensi si fanno affilati nei momenti di tensione. Le macchioline di caffè si erano già trasformate in una costellazione avversa, qualcosa che pur stando ferma vorticava nelle mie pupille dilatate come una galassia in fermento.

Non volevo vederla mia sorella, morta. Sapevo che l'immagine avrebbe coperto tutte le altre di lei viva e non avrei saputo più guardarla con gli occhi del ricordo. E così siamo rimasti, Giuseppe ed io, seduti su una misera panca di plastica, le mani nelle mani, ad aspettare che venissero a prenderla per portarla all'obitorio.

Intanto gli raccontavo di quando eravamo bambine e giocavamo fra sorelle al "futuro", un tempo immaginario pieno di sorprese, in cui avremmo costruito una casa sotto il mare, con l'aria che filtrava da tubi di rame, i pesci guizzanti intorno alle pareti interamente di vetro. Io avrei cucinato – mi è sempre piaciuto pasticciare in cucina – Yuki avrebbe cantato e Toni, la piccolina, avrebbe ballato. Nostri spettatori sarebbero stati i pesci: delfini parlanti, balene bianche, saraghi curiosi, polpi dalle mille braccia, perfino qualche pescecane dalla bocca spalancata: sarebbero accorsi a fissare la bella casa trasparente conficcata in fondo al mare.

Gli parlavo delle castagne che andavamo a raccogliere in Val Gardena dove, prima che nostro padre si facesse costruire una piccola casa tutta in legno, eravamo ospiti dai Fossi, amici fiorentini che avevano una abitazione ai margini del bosco, vicino a un torrente che scrosciava notte e giorno. Era una zona di serpenti e ricordo che due o tre volte me li sono trovati fra i piedi. Anche vipere. Ma senza mai essere assalita. In realtà i serpenti non assalgono, tranne che per difendersi. Appena sentono il passo umano corrono a nascondersi.

I serpenti più belli li ho visti in Giappone, gli dicevo, nella zona di Nagoya, dove pullulavano in un terreno coltivato a risaie. Serpenti d'acqua, ma anche di terra, gialli, lunghissimi, ladri di galline, verdi e minuti, svelti e rapidi, sinuosi ed eleganti, color foglia morta, che strisciavano sull'acqua formando anse morbide.

Una volta mi sono stesa a prendere il sole in un prato e con la coda dell'occhio ho visto qualcosa che luccicava, color argento, non lontano dalla mia testa. Ho pensato che fosse il coperchio di una pentola. Mi sono quasi addormentata quando ho sentito un fruscio. La pentola si muoveva. Mi sono alzata di scatto e ho visto un serpente bellissimo dalla pelle metallica che si srotolava e si avviava lentamente, pacificamente, verso l'acqua vicina.

Da ultimo – continuavo a raccontare con voce bassa all'orecchio di Giuseppe – ho conosciuto i serpari di Cocullo, in Abruzzo. Il primo giovedì del mese di maggio di ogni anno, i serpari vanno a stanare le serpi – cervoni in genere, comunque serpenti innocui – e li portano in omaggio a san Domenico. Lo coprono con quei corpi lunghi e lisci e lo portano in processione mentre gente venuta da tutte le parti d'Italia affolla le bellissime piazze del paese.

«Da dove nasce questa strana abitudine?» mi chiede Giuseppe. Forse lo sa ma siamo entrati nell'incantesimo della narrazione e così, chini, testa contro testa, assomigliamo alla deliziosa scultura di Camille Claudel in cui piccoli corpi seduti in tondo sono intenti a raccontarsi chissà quali storie. L'incantesimo della parola che riferisce una vicenda e si fa voce potente, pensiero rituale.

«E allora?» chiede il mio innamorato, dimentico dell'ospedale dove siamo e della morte così vicina e incombente, del dolore che si fa parte della giornata nell'attesa di una tumulazione.

«La figura di san Domenico è stata sovrapposta a quella molto più antica di Marso, colui che la leggenda vuole figlio di Circe e di Ulisse. E Circe, che era una maga, dicono avrebbe insegnato al figlio l'arte della magheria e l'arte della serperia. I serpenti portano veleno ma ogni veleno, in piccole dosi, può costituire un rimedio per malattie gravi e irrimediabili.»

«Perché allora la Madonna tiene sotto i piedi un serpente e sembra proprio disprezzarlo? Non era il serpente che tentò Eva e le fece mangiare la mela della conoscenza?»

«Il serpente è doppio: porta in sé il veleno della tentazione ma anche il rimedio alla malattia dell'arroganza» tento di spiegare, impantanandomi nei fili ingarbugliati della logica.

In quel momento un infermiere nerboruto appare dal fondo del corridoio ed entra con piglio sicuro nella stanza della morta.

Anche il suo camice è macchiato. Forse di sangue. I capelli irrigiditi in testa col gel, le guance abbronzate, le mani grosse dalle dita tozze, mi fa pensare a un Eracle moderno che viene a prendere la mia dolcissina sorella morta per portarla al di là del fiume. Eracle è spesso raffigurato piccolo di statura e robusto come un toro. Quello stesso Eracle che scese negli inferi per andare a prendere Alcesti la mite e riportarla al suo egoistissimo marito Admeto. Ma Admeto la voleva veramente indietro dopo avere accettato che morisse in sua vece?

«Chi era Admeto?» mi domanda Giuseppe. E già l'incantesimo è ricominciato. Solo le storie sono capaci di colmare gli squarci del dolore. Solo le storie ci aiutano a sopravvivere ai nostri morti. E mentre l'infermiere ci fa cenno di aspettare lì dove siamo, ricominciamo a parlare fitto fitto a voce bassa.

«Admeto era un greco» gli racconto «re di Fere in Tessaglia. Alla sua corte era stato mandato Apollo sotto sembianze di servo per una punizione di Zeus. Quando Admeto si ammala mortalmente, Apollo, che è stato trattato con garbo, decide di aiutarlo e si rivolge alle Moire perché lo salvino. Le Moire acconsentono a tenerlo in vita a patto che il re trovi qualcuno che accetti di morire al suo posto.»

«E lo trova?»

«Admeto ci prova. Convoca i genitori. Parla prima di tutto con la madre e le dice: tu sei anziana, hai vissuto abbastanza, mi hai dato la vita una volta, hai l'occasione di darmela una seconda volta, vuoi morire per me? Figlio mio, mi dispiace, io sarei anche disposta a ridarti la vita, risponde la donna, ma siccome sono diventata saggia con gli anni penso di essere utile ai giovani dando loro consigli, non credo proprio di potere prendere il tuo posto. Allora Admeto si rivolge al padre facendogli lo stesso discorso. Ma il padre non ci pensa nemmeno: perché dovrei morire in vece tua? Io ho pochi anni da vivere ma quei pochi sono preziosi e non voglio perderli.

«Admeto disperato si rivolge alla moglie Alcesti. Hai visto che egoisti i miei genitori? le dice, ora non so a chi rivolgermi che sia disposto a morire al posto mio. Quasi non osa chiederlo a lei, ma glielo fa capire. E Alcesti, che lo ama molto ed è generosa, acconsente all'istante: morirò io per te marito mio, non voglio che tu lasci questa vita e questa casa che ti appartengono e poi sono sicura che sarai più utile tu per la crescita dei nostri figli. Nella sua grande generosità non vuole caricarlo di sensi di colpa e finge di cercare di convincerlo. Lui esulta: ecco una moglie veramente fedele e sincera, che ama suo marito più di se stessa! Come ringraziarla? Ma certo, organizzando per lei un magnifico funerale.»

«Tu accetteresti di morire al mio posto?» mi chiede a tradimento Giuseppe, ma subito sorride e senza aspettare la risposta mi prega di continuare, perché vuole sapere come va a finire la storia.

Ma io sono rimasta interdetta perché la prima risposta che mi è venuta in mente è un no. Amare significa essere disposti a dare la vita? «E tu avresti il coraggio di chiedermelo come Admeto?»

«Ti prego, continua.» E io riprendo.

«Mentre preparano i funerali e Alcesti piano piano si ammala e muore, arriva uno straniero in visita» dico io certa che anche chi racconta è trasportato nel mondo fertile dell'immaginazione che ti aiuta a sopravvivere.

«Si tratta niente di meno che di Eracle, figlio di Zeus, che gira per il mondo compiendo prodezze. Mezzo uomo e mezzo dio, dalle braccia come pale e l'ardimento di un eroe, Eracle non si ritrae di fronte a nessun pericolo, anzi li va cercando per mostrare al mondo la sua straordinaria forza e il suo coraggio. Eracle chiede ad Admeto il perché di quelle cerimonie e il re gli racconta che è morta una serva, per non imbarazzarlo con una notizia più grave. Eracle infatti non se ne cura e va subito a ingollarsi un otre di vino pregiato. Un servo, che lo vede ubriaco cantare nei saloni della reggia, lo rimprovera e gli dice: ma come, è morta la regina e tu ti comporti con tanta disinvoltura! Allora Eracle si arrabbia con Admeto chiedendogli perché non gli abbia detto che si trattava della regina, sua moglie Alcesti. Admeto confessa la menzogna e racconta il fatto: Alcesti si è immolata per lui e ora sta nell'Ade con gli altri morti. Eracle non dice nulla ma, colpito dall'ingiustizia, decide di andare lui stesso a riprendere la valorosa Alcesti. Lui può fare anche questo prodigio. Una donna giovane e coraggiosa, con due figli piccoli non merita di morire così.

«A grandi passi si avvia verso l'Ade, da dove ritorna alla reggia portandosi appresso una donna velata che presenta ad Admeto come fosse una straniera e gli dice: ecco un regalo per te, toglile il velo! Admeto rifiuta di guardarla. Non vuole essere infedele alla moglie. Per lo meno non così presto. Ma Eracle insiste: guardala soltanto per un momento, non ti comprometterai. Infine Admeto accetta, solleva il velo della donna e scopre che si tratta di sua moglie Alcesti. Tamburi e nacchere, la festa comincia! La vita è tornata alla reggia del re Admeto. E vissero tutti felici e contenti.»

Ma ora la porta dell'ultimo piano dell'ospedale assolato di Rieti si apre e ne esce il moderno Eracle spingendo una lettiga. Il corpo della morta è coperto da un lenzuolo. Sotto quel lenzuolo c'è la mia piccola sorella, una parte di me che deve essere amputata. La vita non può mescolarsi alla morte. Dove trovare un Eracle un poco meno rozzo, senza camice macchiato che vada a prenderla per la mano negli scoscesi dirupi dell'Ade? Questo Eracle reatino si è limitato a lavarla, pettinarla, metterle addosso una camicetta bianca, fissarle le mani in croce sul petto, chiuderle le palpebre bianche come il latte. Ora il corpo di Yuki è pronto per la sepoltura.

In famiglia ci sono idee discordanti in fatto di inumazione. Mio padre ha voluto essere cremato. Meglio un gran fuoco e un poco di cenere piuttosto che un corpo che marcisce sotto terra. Mentre mia madre sostiene che non vuole essere bruciata. Desidera riposare in pace, anche se sotto terra. Mia sorella Yuki non ha lasciato scritto niente, ma se avesse voluto essere cremata l'avrebbe detto. Per questo è stata sepolta.

«Che brutta cosa, il fuoco, ti brucia viva» dice mia madre.

«Non sei viva quando ti bruciano, sei morta.»

«Ma se nel momento del gran calore ti risvegli e ti senti bruciare viva?»

«Non senti niente, non ci sei.»

«Io credo invece che qualcosa c'è che non può essere bruciato e nemmeno decomposto.»

«L'anima forse?»

«Non lo so, qualcosa di misterioso che appartiene alla tua persona e non può essere distrutto.»

Ho davanti agli occhi le pire indiane. Tanti pezzi di legno di ogni tipo, alcuni ciocchi di sandalo a profumare l'aria. Quattro persone vestite di bianco portano con leggerezza una lettiga fatta di legno e tela. Avvolto nelle bende, un morto viene adagiato sulla pira. Gli amici e i parenti si seggono attorno e uno di loro, forse il figlio più grande, accende la pira che prende fuoco allegramente, e in poco tempo il morto è bruciato. Il fumo bianco e globuloso viene spinto via dal vento. Forse pioverà e l'acqua laverà le tracce della legna bruciata. Se non pioverà, saranno i parenti a pulire per terra con scope e secchi d'acqua.

Una cerimonia semplice e pulita, senza inganni, segreti, forzature, e tutto risolto all'aperto. Il cadavere in pochi minuti diventa parte dell'aria intorno, parte delle nuvole, parte delle acque che scorrono vicine. Questa sarebbe la fine che mi auspico. Lontano dalle tecnologie che fanno assomigliare la cremazione ai riti nazisti dei campi di concentramento.

Ha ragione mio padre? Le sue ceneri, dopo la cremazione sono state consegnate alle figlie in una piccola urna di ceramica azzurrina e sepolte in un minuscolo cimitero arrampicato fra le montagne della Garfagnana. O ha ragione mia madre che, per fortuna, ancora vive, ma pensa alla sua morte con ragionevole ottimismo come a un riposo nelle viscere della terra, fosse pure in un cimitero affollato?

Sempre in ritardo, mia sorella Yuki aveva un rapporto poetico ed esasperante col tempo. Una tartarughina che sceglie strade storte e lunghe per delle ragioni profonde che nessuno è in grado di interpretare. Perché si preferisce una strada più faticosa? Perché si arriva sempre in ritardo? Un amico psicologo sostiene che chi ritarda vuole essere amato e atteso. Sarebbe insomma una richiesta di amore. Il bisogno di suscitare attesa, ovvero desiderio, sarebbe talmente profondo da non potere essere controllato. Josepha sostiene invece che chi arriva in ritardo appartiene con la mente e con la memoria a una società antica che non conosceva l'orologio e aveva tempi diversi dai nostri. Una forma di arcaismo?

Ma perché alcuni portano in sé questo spirito antico e altri no? Perfino nella stessa famiglia. In casa nostra siamo divisi, due in un modo, due in un altro: mia madre e io siamo puntualissime, anzi arriviamo prima e per tutta la vita abbiamo atteso gli altri. Mio padre e le mie due sorelle sono invece sempre stati in ritardo. Di Yuki si diceva che bisognava invitarla a pranzo per vederla arrivare a cena. Possibile che lo spirito arcaico si radichi solo in una parte della famiglia e perché? Questioni di carattere? Diversità di DNA? La domanda rimane senza risposta.

I ragionamenti del ritardatario sono curiosi: un mio compagno d'amore, musicista di talento, anche lui abitato dallo spirito arcaico, faceva questo calcolo:

dieci minuti di ritardo sono sopportabili, allora parto da casa dieci minuti dopo l'ora dell'appuntamento. Ma non conteggiava il tempo necessario ad arrivare al luogo stabilito. Quindi da dieci i minuti diventavano venti o trenta. Quando giungeva all'appuntamento vistosamente in ritardo si giustificava dicendo: ma sono solo dieci minuti, perché ti arrabbi?

Capisco il bisogno di farsi attendere, ma l'attesa non sempre suscita simpatia e felice anticipazione, al contrario può provocare insofferenza e rancore. Quindi, se si tratta di un calcolo per provocare desiderio, forse si tratta di un calcolo sbagliato.

«Il volontario protagonista coltiva in sé il gusto del palcoscenico: vuole vedere crescere l'impazienza, vuole tastare il desiderio dello spettatore» insiste l'amico psicologo. Sarà. A me sembra più comprensibile l'altra spiegazione, quella dell'amica filosofa. «Il tempo non esiste» dice Josepha «lo creiamo noi, è un prodotto del nostro pensiero. Il tempo è una squisita creazione umana. L'orologio ne è il testimone meccanico. Nell'universo il tempo si muove in un verso e nell'altro con rapidità crudele e insensata. Noi ci inventiamo un tempo interiore per dare un senso alla vita. Ogni essere vivente è costruito sulla sua durata. Altrimenti come spiegare la pienezza di vita di un insetto che per destino biologico vive solo 24 ore? Per quell'insetto le 24 ore sono una vita intera, e gli appaiono lunghissime. Anche la nostra vita è breve se messa in relazione coi tempi dell'universo, ma noi la adattiamo ai nostri sensi e ce la allunghiamo a piacere, ce la srotoliamo con cura per trarne il massimo di interezza. Solo dopo, una volta che il tempo è trascorso, quando da anziani ci guardiamo indietro, ci accorgiamo che è passato in un lampo, quasi come la vita di 24 ore dell'insetto ronzante che si credeva eterno.» È una spiegazione che mi convince di più. Rimangono le differenze all'interno di una stessa famiglia.

Yuki incinta. Aveva la pienezza di una luna felice, una luna al culmine della sua luce e della sua rivoluzione attorno alla terra. «Farò un figlio prima di te» mi ha detto sorridendo.

Io sono la maggiore e mi ero sposata da poco. Ma ancora, con grande dispiacere dei miei suoceri, non davo cenno di covare nel ventre un figlio del loro figlio adorato.

Seduta vicino alla finestra dell'ospedale, sembrava una Madonna del Bellini: bianca, bionda, rotonda, serafica, enigmatica. Porgeva il suo latte materno alla piccola Yoi dagli occhi a mandorla, scalciante e avida, pronta a crescere veloce, molto simile nel fisico e nel carattere alla madre. Yuki non aveva accettato il parto cesareo, tanto in voga nelle cliniche e negli ospedali. "Un parto pilotato fatto per adeguarsi ai tempi dei medici, non certo del bambino e nemmeno della madre" come scrive Adrienne Rich, in quel bel libro intitolato *Nato di donna* dove parla di mani di carne e mani di ferro. Le mani di carne sono quelle delle levatrici che una volta conoscevano i tempi della nascita e li seguivano con pazienza e sapienza. Le mani di ferro sono quelle dei chirurghi che usano il forcipe di cui tanti portano il segno per la vita. Ancora più ferree nel momento che prendono in mano un coltello e tagliano la pancia per fare uscire più rapidamente il nascituro.

C'è qualcosa di malsano nella pratica medica se il quaranta per cento dei parti oggi avviene per mezzo del bisturi. «Il fatto è che le partorienti non vogliono soffrire» spiega un ginecologo, addossando la responsabilità solo alle madri giovani e incoscienti che, contrariamente a quello che dice la Bibbia, non sono disposte a partorire "con dolore", pagando il peccato originale.

«Le giovani donne di oggi, pigre, terrorizzate dal dolore, vogliono dormire per magia chimica mentre il bambino esce dalle loro pance tagliate senza che neanche se ne accorgano» insiste il medico. Adrienne Rich sostiene invece che il parto cesareo è utile soprattutto ai medici che così possono decidere l'ora e il giorno della nascita. Sta di fatto che nessuna donna ormai partorisce più la domenica.

Eppure esistono modi moderni per partorire riducendo al minimo la sofferenza. Una amica ha dato alla luce un figlio dentro l'acqua, con pochissimi dolori, aiutata e sostenuta da due donne e lo racconta come una esperienza molto bella.

Quando sono rimasta incinta io, mia sorella mi ha detto: «Sono felice per te. Spero che sia una bambina come la mia». Invece era un maschio. Ma non aveva voglia di venire al mondo. Arrivato al quinto mese, ha cominciato a premere sulla placenta, il suo cuscino di alimentazione, ed è morto.

Anch'io però non avevo voglia di lasciarlo andare. E mi apparecchiavo a morire con lui. I medici si accanivano per farlo uscire. E stavano proprio per intervenire chirurgicamente quando finalmente, con grande strazio e dolore, mi sono decisa a dirgli addio. Era morto già da parecchi giorni e stava per avvelenare il mio sangue. Ma io, piuttosto che perderlo, volevo andare via con lui. Lo tenevo stretto accanitamente, con gli occhi chiusi, il ventre serrato, le mammelle doloranti per il latte che non poteva uscire, il respiro corto, il cuore spezzato.

Strano, soffrire tanto per un figlio mai conosciuto! Ma probabilmente esiste una conoscenza interiore, un legame che la madre ha stabilito fin dai primi giorni col figlio appena concepito. Un linguaggio fatto di battiti del cuore, di flussi di sangue e di linfe nutrienti che scorrono da una vena all'altra, di sali minerali e di movimenti delicati di un corpo che si accende, che cresce e l'altro che inconsapevolmente lo nutre, lo osserva, ne spia i moti segreti.

C'è voluto molto tempo perché mi rassegnassi a quella perdita. Un dolore sordo con cui ho imparato a convivere. Ma come tutte le cicatrici, si fa sentire quando cambia il tempo. Ed è diventata parte del mio derma. Una cicatrice è lì e non si può cancellare. Ogni tanto la mano ci passa sopra e ne sente i rilievi induriti dal tempo. Una parte della pelle rattrappita e fatta più sensibile, mi tiene compagnia nelle notti insonni. Quel figlio morto quando ero ancora molto giovane mi ha tolto per sempre la possibilità di generare.

Yuki ha sposato un uomo alto, dai molti capelli, gli occhi distanti l'uno dall'altro che gli davano uno sguardo sghembo. Un sorriso bellissimo, molti egoismi ancestrali maschili, un ottimo talento per la grafica, una gran voglia di vivere. La sua motocicletta volava per l'Italia mentre la figlia cresceva sempre più nervosa e imprevedibile.

Il matrimonio non è durato molto. Incompatibilità? differenze di carattere? una famiglia troppo protettiva nei riguardi del figlio maschio? Non ho mai approfondito la faccenda. L'educazione al rispetto e alla riservatezza teneva noi sorelle distanti e segrete l'una all'altra. So solo che a un certo punto si sono separati. La bambina è rimasta col padre, a casa dei nonni paterni a Formello perché Yuki, devastata dalla malattia e dalla depressione, non riusciva ad accudirla. Quando lui si è risposato e ha fatto altre due figlie, due bellissime ragazze dagli occhi stellati, lei è tornata a vivere con la madre.

Non so se Yuki abbia sofferto. Yoi, mia nipote, dice di sì, che è stata molto male e voleva morire. Anche perché l'artrite reumatoide non accennava a migliorare come le avevano prospettato i medici.

"La mia artrite continua lentamente a mangiarmi" scrive in una lettera a papà Fosco. "Le dita delle mani si chiudono sempre più. Il polso destro è quasi del tutto anchilosato, tanto che per molte cose sono forzatamente mancina. Il polso sinistro ha ancora un po' di movimento, ma faccio fatica a lavarmi. Se il polso sinistro si blocca come l'altro, sarò costretta ad essere (non ridere, non piangere) ricoverata in un istituto assistenziale, oppure a dipendere da Yoi come se avessi ottant'anni."

Non riuscire più a suonare il pianoforte e la chitarra era un tormento. Eppure Yuki non si perdeva d'animo. Ha scoperto la tecnologia e ha imparato presto a usare il registratore per accompagnarsi nel canto, sia col sottofondo di un pianoforte o di una chitarra, sia sovrapponendo la sua voce viva alla voce registrata, giocando con i controcanti.

"Il lavoro che svolgo mi piace molto", scrive ancora a nostro padre, "mi sento una 'lavoratrice della voce'." Ed era vero. Non solo teneva concerti, ma l'insegnamento era presto diventata una pratica quotidiana. La chiamavano a Firenze, a Como, a Palermo, per insegnare tecniche vocali. E lei, con le mani rattrappite, i piedi che le dolevano, partiva coraggiosamente, sapendo che avrebbe dormito in alberghi a due stelle, che avrebbe mangiato pizza e panini, perché le associazioni culturali che la invitavano disponevano di pochi soldi.

"Si parte dal presupposto che nessun essere umano oggi abbia una vocalità felice, completa, duttile, matura; ma che per ragioni sociali e storiche, di maleducazione o anche di blocco psichico, le voci siano censurate, obbligate, sconosciute nelle loro possibilità, contratte, anchilosate. Qualche volta le persone che tratto sono così bloccate nella loro vocalità che il lavoro diventa difficilissimo, altre volte scorre facile e quasi miracoloso e allora la commozione reciproca è grande." E ancora, in una lettera dell'82: "La voce è il carattere, l'anima, la psiche, lo spirito. Una persona che trova la propria voce, trova se stessa. Ti pare niente. Ti abbraccio, tua figlia Yuki".

Oscillava tra un pragmatico ottimismo e una disperazione profonda, latente. Ad un certo punto ha dovuto mandare la figlia in collegio perché non ce la faceva a tenerla. Così mi racconta Yoi.

«E com'era questo collegio?»

«Un collegio di suore, a Velletri. Una caserma, sai come sono i collegi: gli orari rigidi, le preghiere, il cibo cattivo. Volevo sempre scappare. Non capivo poi perché non mi volesse a casa. Non pensavo che la malattia fosse così devastante per lei. Pensavo che mi rifiutasse.»

Oggi, la bambina orfana diventata donna, porta i capelli azzurri, guida con spericolatezza una motocicletta da corsa, canta e compone con grande sapienza. Parlo di Yoi che ha perduto così presto sia la madre che il padre.

"La ritroviamo sulle scale di casa sua in via XX Settembre" scrive Yuki in una lettera-racconto al padre, “era di maggio, e lei era carica di sacchi della spesa che pesavano sui piedi gonfi e doloranti e sulle braccia dai muscoli atrofizzati, ma si sa per le figlie questo e altro. In cucina infornò il suo muscolo più mangereccio chiedendo scusa di non averli più tenerelli, pensando che un muscolo del padre quello sì sarebbe stato utile, ma chissà ormai lui dov'era, benché di padri a questo punto ce ne fossero due, quello della figlia madre e quello della figlia figlia, ma gli uomini non amano essere mangiati, hanno cose più importanti da fare. Devono fare i soldi per lasciarli in eredità ai figli, che se poi intanto i figli muoiono di fame non importa, l'importante è che loro abbiano fatto il loro dovere di padri. Così si arrabbiava la figlia madre, ma con lei si adirò la luna: te l'avevo detto, io! gridò. Così la figlia madre, per non perdere la luna, imparò a dire che tutto va bene, va sempre tutto bene, buon giorno e buona sera... Pensò che il mondo aveva pure dei colori e dei suoni e a quarant'anni si deve pur essere emancipati dai padri e dai loro muscoli e si dimenticò della sete di affetto e di gioia, pensò che il padre doveva averla ormai scordata o forse aveva trovato un'altra figlia o forse non era mai stata figlia di padre, forse, forse chissà. Ma dicono che in qualche notte di luna piena si sente un canto nella valle...”

Il racconto surreale e curiosamente altalenante fra la rabbia e il dolore controllato, continua trasformandosi in un delirio omicida. La figlia immagina di uccidere il padre, strappandogli i muscoli ad uno ad uno. "Ma la luna non voleva più sorgere, indignata da tale folle cannibalesca passione parricida. La figlia allora mandò telegrammi e telefonate, cantò, compose in versi, mandò fiori e cioccolatini per calmare quella fame di affetto che l'avvolgeva ma non ci fu perdono. Cosa fare per acquietare tanta fame d'amore?" E aggiunge alla fine "non spedisco questa lettera ma la lascio cadere in un buco che la porterà dritta in fondo al mare".

"Un'altra figlia della luna innamorata del padre" commenta Josepha da lontano in una mail dalle citazioni in rosso, "non ti sembra un'assurdità che le figlie migliori, le più belle di testa, quelle che sono state cullate dalle Muse, siano spesso prese da un amore insensato, inutile, appassionato, feroce, per un padre che fugge?"

"Un Peter Pan dal piede leggero sempre innamorato di qualcun altro."

"Anche Sylvia Plath viveva nella nostalgia di un padre crudele e amato. Ti ricordi? 'Padre, hai fatto tutto da solo / tu sei pietoso e storico come il Foro Romano...' non rinunciava al sarcasmo la dolente Sylvia, 'Comincio il mio pranzo su una collina di cipressi neri / I tuoi ossi sono flauti / i tuoi capelli d'acanto sono in disordine...' E ancora: 'La notte, mi accoccolo nella cornucopia / del tuo orecchio sinistro, al riparo dal vento / a contare le stelle rosse e quelle color prugna...'. Non sono belle quelle stelle color prugna?"

Nonostante i pianti e la malattia, nonostante il proposito di andarsene al più presto chiudendo dietro di sé la porta di casa, in Yuki ha prevalso la voglia di vivere. La madre-figlia o la figlia-madre ha trovato di che compensare il dolore della perdita simbolica di un padre.

Durante uno dei suoi concerti ha conosciuto uno studente siciliano il cui padre era stato ucciso dalla mafia negli anni Cinquanta. Un ragazzo piccolo, scorbutico, sarcastico, generoso, innamorato. Il rapporto, coi suoi alti e bassi, è durato fino alla morte di lei. E ancora dura, perché Mario non si è trovato un'altra donna, ma ha sostituito l'amore per mia sorella con quello per nostra madre. La nostra giovanissima madre più che novantenne a cui Mario è affezionato come a una madre naturale, seguendola dappertutto e aiutandola nella sua lucidissima vecchiaia.

Con Mario, mia sorella ha fatto viaggi per il mondo, progetti per il futuro: hanno preso casa insieme, hanno allevato la figlia dell'altro, senza gelosie o rancori.

Certamente in quel giardino delle delizie, o in quel deserto un poco inquietante in cui si aggirano i morti, oggi mia sorella canta. Per lei il canto era respiro. E infatti si è arresa alla morte solo quando le hanno tagliato la gola per la calcificazione della trachea. Quando ha perso la voce, quella bella voce dalla ampia estensione che saliva e scendeva attraverso il pentagramma con agilità e sicurezza. Ma cosa canterà in quelle lande lontane? "Chi si manciò la zita / chi si manciò la zita / chi si manciò la zita / la prima sira?"

Vedo i suoi occhi di un caldo color castagna che si accendono nella gioia del cantare, le sue mani bianche dalle dita sottili che tornano a pizzicare le corde della chitarra e la voce che si alza: "Un aceddu turturinu / ammucciatu sutta 'u cuscinu, / ammenzu lu picciuncinu / ammenzu lu picciuncì"...

"Chi si manciò la zita / chi si manciò la zita / chi si manciò la zita / a li du siri?" continua la canzone antica che è stata ripresa da Roberto De Simone e ha i tempi di una tarantella. "Du' ranàti unu e l'autru, / un aceddu turturinu / ammucciatu sutta 'u cuscinu, / ammenzu lu picciuncinu / ammenzu lu picciuncì" (Chi si mangiò la sposa / chi si mangiò la sposa / chi si mangiò la sposa la prima sera? / Un uccello tortorino / nascosto sotto il cuscino, / in mezzo al piccioncino, / in mezzo al piccioncì. / Chi si mangiò la sposa / la seconda, la seconda sera? / Due melograni uno e l'altro / un uccello tortorino)... e così via, la tiritera continua con la domanda fatidica: Chi si mangiò la sposa il terzo, il quarto, il quinto, fino al dodicesimo giorno. Alla fine si capisce che furono in tanti a mangiarsi la sposa, perfino "undici monaci cappuccini, / che se ne andavano all'aria fine, / confessando Caterina, / andavano nel giardino, / in cerca di prezzemolo".

E lo sposo? Lo sposo portò quattro pacchi di confetti "in petto, / glielo facevano per dispetto, / glieli nascondevano sotto il letto". La filastrocca è così pronta a ricominciare dalla prima notte.

Per fortuna la voce dolce e amara di mia sorella vive ancora in alcuni dischi. Canzoni popolari del Seicento, canzoni siciliane dell'Ottocento, alcuni lieder di Schubert, di Mozart, arie poetiche di Paisiello. La chiamavano ai festival e lei spesso si portava dietro la figlia ormai cresciuta che cantava e suonava la chitarra. Erano una delizia insieme, l'una il ritratto dell'altra, madre e figlia, agili, belle, fiere e umbratili, ma anche facili al riso, alla gioia di vivere.

Poi la malattia si è aggravata e piano piano le sue mani si sono deformate. Ad un certo punto non riusciva più a fare emettere un suono alla sua amata chitarra. La voce è stata l'ultima a sparire. A lungo era continuata a fluire, melodiosa, gentile e liquida dalla gola inasprita dalle medicine.

Intanto aveva incontrato una religione indonesiana: si era data al misticismo predicato da un monaco piccolo e sorridente, di nome Bapak, che esortava al distacco dalle cose terrene considerate illusorie, esortava alla mitezza, alla pace, all'abbraccio di tutte le cose. Suo scopo era creare l'armonia tra le energie esistenti in noi e nel mondo, così diceva.

Il sentimento di giustizia. Ecco una cosa che avevamo in comune io e mia sorella. Per il resto eravamo molto diverse. Lei aveva il carattere di mia madre, espansivo, diretto, portato all'impulsività e agli slanci emotivi. Io ho ereditato da mio padre la tendenza alla segretezza, al silenzio, una timidezza devastante, la voglia di nascondermi sempre.

Il sentimento di giustizia invece apparteneva sia a mia madre che a mio padre. Un istinto che precede il ragionamento. Una richiesta chiara e imprescindibile di equità e parità di diritti. L'imparzialità di fronte ai fatti doveva venire prima dei privilegi, delle amicizie, delle furbesche contraffazioni. Un sentimento mortificato dall'incontro con la prassi tutta siciliana (e ormai estesa all'Italia intera) di dare la precedenza a chi ci è affine, a chi abita nella stessa casa, nello stesso quartiere, nella stessa città. O peggio, a chi impone e pretende in nome di nascosti e ricattatori poteri segreti.

Yuki era appassionata e coraggiosa. Quando abitava in via XX Settembre – in una casa all'ultimo piano dalle stanze che si aprono una dentro l'altra, scomoda anche se luminosa – una volta entrò un ladro (il portone rimaneva sempre aperto per via di una pensione al primo piano) e si appropriò del flauto di sua figlia. Lei non ebbe un attimo di esitazione. Gli corse dietro gridando: «Ridammi il flauto di mia figlia, posalo per terra e vattene, ma non portarti via il flauto, ti inseguirò fino a casa tua!». E prese a corrergli dietro, anche se stentatamente, giù per le scale. Più l'altro scappava, più lei gli gridava dietro aggrappata al corrimano, col rischio di rompersi l'osso del collo. Finché il ladro non fu stufo di quell'inseguimento e lasciò per terra il flauto che mia sorella riprese con grande soddisfazione. Non andò alla polizia, non fece una denuncia. Ma riebbe il suo flauto.

C'è una foto degli anni Quaranta – la nostra vita è costellata di fotografie, poiché nostro padre aveva la mania della macchina acchiappa immagini – in cui Yuki bambina se ne sta seduta pensosa su una roccia a picco sopra le acque di un fiume giapponese. Sulla fronte ha un segno orizzontale, scuro. È il segno di un incontro col ferro da stiro di casa. Non so come quell'incontro sia avvenuto, fatto sta che ha preso a urlare mentre la fronte le si gonfiava e si arrossava. Mia madre è accorsa, col solito coraggio, l'ha presa in braccio, consolata, disinfettata e bendata. Ma quella cicatrice è rimasta per molti mesi.

Perché una persona ha tanta propensione a farsi male? Sia Toni che io eravamo spericolate. Ci buttavamo con la bicicletta senza freni giù per le discese di Bagheria. Ci tuffavamo rischiando il collo nelle acque turbolente del mare in tempesta, giocavamo ad attraversare la strada all'ultimo momento quando stava arrivando un autobus in corsa. Ma sebbene i capitomboli fossero nella regola, non ci facevamo mai veramente male.

Salvo, per quanto mi riguarda, una volta, in barca, al largo di Cefalù. Stavamo con degli amici. Uno di loro, un pescatore subacqueo, teneva il fucile, carico, rivolto verso l'alto. Nessuno si era accorto della enorme imprudenza. Difatti, ad una onda più grossa, la barca si è piegata su un fianco, l'uomo ha premuto senza volere il grilletto e la freccia è partita verso l'alto. Ma essendo legata a uno spago robusto, è tornata indietro con la rapidità di un fulmine prendendo in pieno il mio braccio che stava appoggiato al bordo della barca.

Tutti si sono messi a gridare e ad agitarsi dentro la piccola barca oscillante, di fronte a quell'arpione di ferro che invece di infilzare un pesce aveva infilzato me. Mia madre è stata l'unica a conservare il sangue freddo. Mi ha afferrato il braccio, ha capovolto le alette di ferro che si trovano sulle punte dell'arpione e ha tirato fuori la freccia.

Per un mese sono rimasta con il braccio al collo. Ma fortunatamente non ho avuto grossi danni. La fiocina avrebbe potuto spezzare un tendine, o trapassare una vena, si era limitata ad entrare nella carne e uscire dall'altra parte come succede a certi san Sebastiano che se ne stanno pacifici e rassegnati a guardare il cielo mentre il loro corpo è trafitto da decine di frecce.

L'amico di famiglia che ha provocato il disastro aveva promesso a mia madre che, per i miei quindici anni, avrebbe regalato un bracciale d'oro largo quanto era larga la cicatrice lasciata dalla fiocina. Ma non ha mantenuto la promessa.

Mia sorella era presente quella volta e si è presa un bello spavento: «Ho visto partire la freccia e l'ho vista tornare indietro puntando proprio la tua testa, per fortuna una piccola scossa della barca l'ha deviata verso il braccio altrimenti non so come avrebbe fatto mamà a tirarla fuori dal tuo cranio».

Il mamà anziché mamma era un resto della memoria linguistica cilena. Mia nonna, anche dopo ottant'anni di Sicilia, continuava a usare delle parole spagnole. Chiamava perro e perrito il cane di casa, chiamava potito il sedere dei bambini, diceva magnana per domani e la mamà per la mamma.

La montagnola si alza dietro villa Valguarnera a Bagheria. Una piccola montagna di un centinaio di metri, ma che ha tutte le caratteristiche delle montagne vere: pareti scoscese, speroni, rocce sporgenti, ciuffi di rovi lungo i fianchi aspri, una cima rotonda e protesa da cui si gode un panorama ampio e spazioso. Tutta la valle, che da Bagheria porta al mare, si apre a ventaglio davanti agli occhi: le case rosse di Santa Flavia, Solunto con le sue rovine fenicie, le barche tirate in secca nella baia di Porticello, il ripido e imponente capo Zafferano. O almeno questo era il panorama che si vedeva quando Yuki ed io frequentavamo la montagnola.

Ora da tanto non ci vado ma l'ultima volta che ho raggiunto la sua cima, ho dovuto constatare che la vista sulla vallata degli ulivi è completamente nascosta da palazzi bruttissimi cresciuti come funghi senza una regola e senza nessun rispetto per il territorio. A sinistra, una costruzione di proprietà del clero locale sembra una torta nuziale, bianca e rosa, sgraziata e ingombrante. Ci sarebbe da chiedersi perché le chiese nei secoli scorsi venissero su così belle e spirituali mentre oggi sono quasi tutte francamente brutte. Potrebbe essere un segno della mancanza di fede? La bellezza non segue le tortuose strade del pensiero, non rivela la sincerità di un disegno che ha per protagonista l'uomo e il suo rapporto profondo con la divinità?

Guardando le chiese di oggi si ha l'impressione che il mattone si sia trasformato in un oggetto di contrattazione e di abuso. Un tanto al chilo, risparmiando sulla calce, sulla sabbia, sul pietrisco per costruire monumenti che, anche quando esprimono l'eleganza e il virtuosismo di un artista moderno nonché il potere economico del Vaticano, non sanno comunicare spiritualità.

Per salire sulla cima della montagnola gli abitanti settecenteschi di villa Valguarnera avevano tracciato un sentiero tortuoso e serpentino, di terra bianca, che ansa dopo ansa, conduceva verso l'alto. Lungo il sentiero si poteva incontrare una grotta dai capelveneri pendenti lungo i bordi, ci si poteva imbattere in una fontanella con putti panciuti scolpiti nella pietra, si poteva ammirare un tritone che pareva uscito in quel momento dal mare, grondante di acqua e di alghe, appoggiato trionfante al suo tridente.

Una volta raggiunta la cima, ci si trovava su un terrazzino minuscolo con un sedile in pietra e una piccola balaustra retta da colonnine a tortiglione.

Quante volte siamo salite su quel terrazzino, le tasche piene di susine, per giocare insieme, mia sorella ed io! Da lì immaginavamo di spiccare il volo per paesi lontani. Ci figuravamo su un aereo che aveva sedili a poltroncina, comodissimi, e ci sporgevamo dalla carlinga scoperta osservando Bagheria che rimpiccioliva sotto di noi e ci raccontavamo cosa avremmo sorvolato subito dopo: Palermo coi suoi fumi, i suoi odori forti di pesce arrosto e gelsomini, il monte Pellegrino con la grotta di Santa Rosalia, e poi il mare, ampio, spaventoso, ma anche bellissimo nelle sue spume bianche e azzurre. Litigavamo su dove andare prima: a Napoli, città vista solo in cartolina, con i bei palazzi che si affacciano sul mare e quel pino sospeso nel vuoto? oppure a Firenze, nel giardino della casa del nonno?

Il nonno ci aspettava, forse, ma forse no. Era un uomo scorbutico, sempre pronto al rimprovero. E poi avrebbe ricominciato con la storia della plica mongolica, «che voi bambine siete proprio bruttine con quella plica mongolica» avrebbe detto. Non sarebbe stato meglio approdare direttamente a Selva di Val Gardena? Un paesino di montagna tanto amato da nostro padre, dove c'erano tutti i suoi amici, i Fossi, i Michaelles, i Seeber con le loro case dalle porte di legno profumato?

Il volo è stato per me un sogno succoso e ripetuto. Ho sempre sognato di volare, sia agitando le braccia come fossero ali, sia arrampicata su un legno come su una zattera sospesa nel vuoto. Per questo amavo le storie di Little Nemo, i cui libri con i disegni del letto volteggiante mi portavo appresso ovunque.

Little Nemo, del grande disegnatore americano Winsor McCay, se ne sta nel suo lettuccio di legno che sembra uscito da un famoso quadro di Van Gogh: una finestra gialla, due quadri alle pareti, un giaciglio alto, su cui si gonfia un piumone. Little Nemo (piccolo Nessuno) chiude gli occhi e il letto prende a muoversi. Si solleva, si mette di sghembo per passare dalla finestra. Vola, proprio come una barca che sta a galla felicemente anziché sulle onde, sulle nuvole e da lì comincia l'avventura.

Una notte, dopo avere navigato nel cielo buio tempestato di stelle, capita in un paese abitato solo da cani parlanti; un'altra notte incontra un drago dalla bocca fiammeggiante, un'altra ancora atterra su una stella dove scopre una città fatta di cristallo, tutta lustra e scintillante. A volte il letto rifiuta di trasformarsi in barca volante, rimane inerte al suo posto, allora il bimbo chiama a raccolta dei venti caldi che lo sollevano e lo trasportano verso le nuvole più alte. Lì il piccolo Nemo si trova in groppa a un cavallo dalle lunghe ali bianche, oppure si scopre a guidare un carro trainato da tante oche dalle ali aperte. Insomma una sfilza infinita di avventure che cominciano e finiscono col volo.

Al termine del sogno il bambino prende a cadere: scivola sulle nuvole, slitta sui soffioni d'aria tiepida, si trova capovolto a testa in giù e infine approda sano e salvo sul suo lettuccio, ma rotolando rotolando, qualche volta precipita sul pavimento.

La mamma sente il tonfo e accorre. E ogni volta, spazientita, esclama: «Ma non puoi dormire tranquillo come tutti i bambini del mondo?».

No, Little Nemo non può dormire tranquillo. E così pure la Piccola Nemo che ero io. Ho sempre avuto un rapporto difficile con la notte. E soprattutto con quella congiunzione, quel momento crepuscolare in cui dalla notte si passa al giorno: qualcosa irrita lo spirito e lo rende inquieto. Da bambina passavo le ore della notte a leggere. La mattina poi mi addormentavo sul banco di scuola. Oggi mi sveglio alle quattro con il cuore che batte. È ansia, dice il medico. E mi propone delle gocce di una medicina che mi fa venire la nausea.

Cosa c'è che non va nel passaggio dalla notte al giorno, dal sonno alla veglia, dal sogno alla realtà? Una voglia di rimanere nell'avventura del volo, come succede a Little Nemo? Un desiderio di trattenermi nel grembo caldo e sicuro di madre-notte, come è successo al mio bambino che ha talmente amato il seno di sua madre da avere preferito la non esistenza alla vita?

I medici la fanno facile: invecchiando si comincia ad avere difficoltà con la produzione di serotonina, dicono. Provi a prendere la melatonina! Ma a me la melatonina fa l'effetto del caffè. Gli occhi mi rimangono spalancati e insonni fino all'alba. Come la camomilla, d'altronde, che ho sperimentato più volte: invece di farmi dormire, mi tiene sveglia come un grillo. Una botta in testa chiamata camomilla.

Oggi, 11 settembre, guardo affascinata le immagini di quei poveri esseri che hanno preferito gettarsi nel vuoto dalle torri gemelle piuttosto che morire bruciati

vivi. Anch'io avrei fatto così, piuttosto che finire incenerita. Un volo, dei capitomboli per aria e poi più nulla. Quando arrivi non ti accorgi di morire, il colpo è troppo forte. Un attimo e sei andato.

Ci sono delle foto strazianti, di persone che aprono braccia e gambe, sperando chissà di aggrapparsi a qualche filo volante, come fanno i trapezisti nel circo. Sperando di trasformarsi in uccelli e affidarsi alla morbidezza dell'aria. Per fortuna la Piccola Nemo dei miei sogni non cade mai pesantemente, c'è sempre una brezza, un soffio di aria dolce che la trattiene e le rende facile il ritorno al suolo.

La televisione mostra le facce dei sopravissuti della tragedia dell'11 settembre 2001: il cuoco del ristorante all'ultimo piano che ha aiutato gli altri a scappare, il guardiano che ha insegnato ai fuggitivi la scorciatoia delle scale di servizio, il pompiere che è scampato per un pelo al crollo del palazzo. Come è possibile, dicono, che un grattacielo dalle armature in acciaio possa sprofondare su se stesso con tanta facilità? Di cosa erano fatti?

Non sarà che hanno risparmiato sul cemento come i costruttori dell'Aquila? No, è la risposta, perché le torri gemelle erano fatto di acciaio. Ma possibile che basti il muso di un aereo per mandare a terra un palazzo di più di cento piani?

Le fotografie di quei corpi che si buttano nel vuoto sono state tolte di mezzo. Troppo mostruose per farle vedere alla gente, dicono. Ma sbagliano. Perché il rifiuto di ogni estremismo potrebbe nascere proprio da quelle foto. Dalla pietà straziante che suscitano. Ma anche dalla ammirazione per la dignità di quella scelta. Uomini – chissà perché non si vedono donne volanti, solo uomini – che tentano fino all'ultimo di conservare la propria interezza. Non vogliono finire sfigurati, accartocciati, deturpati dalle fiamme. Per questo si aggrappano ai venti cittadini come se potessero preservarli dalla disintegrazione.

"Non sono eroi" scrive materna di Josepha, "sono martiri."

"Pure quei fanatici che si sono immolati guidando l'aereo della morte si sono detti martiri."

"*Mártus*, da cui deriva martire, in greco significa testimone. Martire è chi testimonia a costo della vita le proprie idee."

"E che differenza c'è con eroe?"

"Eroe è chi agisce per vincere una guerra, per difendere una città, per proteggere chi si trova in pericolo."

"Non ci vedo molta differenza."

"Eroe ed eroina si dicono anche i protagonisti di un romanzo. L'eroe è spesso semplicemente una persona normale in circostanze straordinarie. Mentre il martire subisce una punizione ingiusta, perché difende la propria libertà di pensiero, ha come un destino perverso che lo esalta e lo distrugge."

"Ma veramente abbiamo bisogno di martiri?" chiedo conoscendo già la risposta. E le racconto di un bellissimo libro di Laura Mancinelli, *Il miracolo di Santa Odilia*, che lei non ha letto.

"Una famiglia medievale vuole a tutti i costi avere una santa nel casato. Di generazione in generazione costringe le figlie a chiudersi in convento, a fare digiuni e sacrifici, a trafiggersi il corpo con cilici segreti. Ma nessuna di quelle bambine, pur crescendo santamente e riempiendosi di piaghe, riesce a diventare santa. Finché arriva la piccola Odilia, una bambina gentile e allegra. Anche lei viene chiusa in convento e costretta a pregare inginocchiata sui ceci, costretta a portare i cilici sotto la camicia.

"Ma Odilia non è come le altre: presto getta via tutti i cilici sacrificali, rifiuta le preghiere ossessive, ripudia la continua mortificazione della carne. Quando ha sedici anni decide che il convento è un posto triste e lo rallegra aprendolo al pubblico: inventa conversazioni collettive sulla responsabilità e sul credo, crea una scuola per bambini, apre la cucina alle donne perché preparino piatti succulenti per i poveri. Quindi decide di piantare delle vigne da cui otterrà un ottimo vino che farà bere, con misura, agli ospiti e alle consorelle. Le quali, invece di lamentarsi e spettegolare in segreto come facevano prima, cominciano a rimboccarsi le maniche e ad andare al lavoro con allegria e passione.

“Ma Odilia non si ferma qui. La sua audacia arriva a introdurre il ballo per i contadini e i servi, nel cortile del convento durante le serate di chiaro di luna. E poi costruisce gli scaffali per libri, tanti libri, e non solo volumi che raccontano le storie dei santi, ma che parlano dell’universo e dei popoli del mondo. Insiste sullo studio, senza per questo eliminare la preghiera, introduce la buona cucina, l’allegria e la gioia di vivere.

“La gente comincia a venire da tutte le parti per parlare con la giovane Odilia ritenuta una donna saggia e profonda che sa tutto sulle ultime pratiche agricole, sa tutto sulle stelle, sa tutto sulla cucina. La chiesa del convento che da ultimo era sempre più vuota, prende a riempirsi di un popolo entusiasta che accorre a pregare con convinzione. I pellegrini si fermano al convento per bere e mangiare, sempre bene accolti e ben curati. Le monache, assieme alle mogli dei contadini, tessono stoffe pregiate che poi rivendono ai nobili. Coi soldi si pagheranno le spese della scuola e della mensa per i poveri.

"Di giorno in giorno la giovane Odilia diventa più intraprendente, la sua popolarità si accresce e si estende anche ai paesi vicini. Questo nonostante le ostilità e i mugugni di una Chiesa che non capisce cosa stia combinando e risponde alla sua fama col sospetto e la denigrazione. Niente di eretico, a detta di tutti, ma certamente qualcosa di pericoloso e sorprendente, come sussurrano i preti.

"Intanto passano gli anni. Odilia si fa vecchia. Il convento è diventato un centro importante di agricoltura avanzata, un luogo dove la gente va per chiedere consiglio, per ottenere cibo e preghiere, suggerimenti e consolazione.

"Infine un inverno particolarmente rigido, in cui la neve copre la campagna e il gelo uccide le vigne e i frutteti, Odilia, che sa di morire presto, parla a tu per tu con un roseto ridotto a poveri spini secchi. E sai cosa succede? Le rose improvvisamente prendono a fiorire magnifiche, colorate, profumate, sfidando il ghiaccio e il vento malefico del nord. Ecco il miracolo che farà di Odilia una santa."

"Vuoi dire che la fede, per Laura Mancinelli non è sacrificio, martirio e sofferenza ma gioia di vivere?"

"Sì, gioia di vivere, lavoro fatto con allegria, rispetto per la natura e per gli uomini, senza discriminazioni, con generosità e comprensione."

Yuki e io volavamo in sintonia. Due poltroncine in una carlinga trasparente, tanta aria da ingollare e il mondo sotto di noi, colorato e in rilievo. «Hai visto gli Appennini?» «Dove, non vedo!» «Ma laggiù, a sinistra, sotto il tuo naso.» «Ah sì, quelle cime verdi!»

Avevo appena letto *Dagli Appennini alle Ande* di De Amicis e mi ero innamorata del piccolo Marco che da Genova si imbarca per Buenos Aires sperando di raggiungere la madre sognata.

Anni dopo ho letto *Farfalla di Dinard*, un delizioso libro di Montale in cui si racconta, fra l'altro, di un viaggio immaginario verso nord durante il periodo della guerra. Il giovane Eugenio si libra in volo, aiutato solo da due braccia alate, diretto da Firenze a Londra; veleggia fra le nuvole, schiva i grossi cumuli di nubi nere, supera le Alpi, passa sopra la Manica. Arrivato a Londra il poeta si infila dalla finestra di una casa e trova gli abitanti che mangiano del pollo arrosto. I commensali gentili gli offrono un poco di quel pollo durissimo, stomachevole che poi si scopre non essere affatto pollo bensì carne di gabbiano. La fame della guerra veniva soddisfatta da cacce bizzarre e inusuali.

"Non hai paura della contraerea?" chiede l'autore a un compagno di volo che l'ha raggiunto durante il tragitto, e l'altro gli risponde che no, volano troppo alti per essere raggiunti dai razzi della contraerea.

Be', mia sorella ed io volavamo così, a qualche migliaio di chilometri dalla terra, tanto che il mondo a un certo punto appariva sotto di noi come una sfera splendente, luminosa e di un bel colore azzurro.

Incontravamo anche noi tanti gabbiani, ma anche strane creature volanti, come unicorni dal mantello dorato, cavalli dalle ali frullanti, stelle dalla forma di topo, la codina arrotolata sotto il sedere, lunghi serpenti che ci sorridevano come il gatto di *Alice nel Paese delle Meraviglie.* Ma possono sorridere i serpenti?

«Nessun animale sorride» diceva saggiamente mia sorella.

«Eppure il mio cane sorride ogni tanto, per dimostrarmi affetto.»

«Più che un sorriso è un ghigno.»

«Ma in effetti per il mio cane è un sorriso.»

«No, una imitazione di sorriso.»

«Certo, ma una imitazione tenerissima e affettuosa.»

«Qui ci sono molti cirro-cumuli e cumulo-nembi, torniamo a volare più bassi?»

Non so da chi avesse imparato che i cirro-cumuli sono pericolosi. Fatto sta che prendevamo a scendere velocemente e il mondo, da una luminosa sfera azzurra si trasformava prima in una palla bluastra per via dei tanti mari e poi variegata sul verde e sul marrone. Ci avvicinavamo pericolosamente all'Italia e poi alla Toscana e quindi alla casa del nonno che in quel momento se ne stava in giardino a coltivare le sue dalie dal fiore grande come la testa di un bambino.

Con le mani lentigginose il nonno Antonio staccava le foglie morte dai gambi, carezzava le corolle ancora piene di rugiada, schiacciava con un gesto crudele le coccinelle che facevano il nido nei fiori, spargeva il nutrimento di sangue di bue essiccato.

Mi sono sempre chiesta come facessero dei fiori così delicati, dai morbidi colori pastello, a nutrirsi avidamente di estratto di sangue di bue. Sono carnivore le dalie? Fiori assetati di sangue, possibile? Forse per quello, diceva una voce interiore sarcastica e maligna, il nonno che odiava il figlio e disprezzava le nipotine, coltivava quelle piante. Non mi avrebbe stupito se alle mie parole da Cappuccetto rosso «Nonno, che mani grandi che hai!» avesse risposto con voce roca: «Per strangolarti meglio, bambina mia».

Eppure doveva essere stato un uomo attraente e amabile visto che la bella Yoi, donna coraggiosa e trasgressiva, scrittrice di talento, lo aveva amato e aveva lasciato per lui un marito inglese e due inglesissimi bambini.

«Un gentiluomo affascinante, dalla conversazione brillante» racconta mia madre «un giovanotto pieno di idee, che ha inventato e fondato la Biennale di Venezia, che sapeva disegnare divinamente, sapeva anche scrivere e con molta grazia, era colto e gentile.»

«Ma» continua mia madre «dopo la morte della moglie si era incupito, era diventato solitario e rigido, sarcastico e rimproverante. Comunque non è mai andato d'accordo con suo figlio, lo accusava di avere preso per tutta la vita le parti della madre, di averlo avversato con sordo rancore, di avere tradito le sue aspettative sposandosi giovanissimo con una nobile siciliana senza una lira, di avere rifiutato il fascismo, di essere voluto partire per il Giappone con una piccola borsa di studio internazionale, portandosi dietro la giovanissima moglie e la figlia appena nata.»

Difficile dire se noi sorelle siamo state influenzate dal rancore di mio padre. Certo non l'abbiamo amato questo nonno rimproverante, né lui ha fatto niente per farsi amare.

La nonna Yoi purtroppo è morta mentre stavamo ancora a Tokyo.

Quando eravamo in collegio a Firenze, al Poggio Imperiale, nonno Antonio veniva a trovarci, ma anziché parlare con noi, passava il tempo a conversare amabilmente con la direttrice, la sola che ritenesse degna della sua attenzione. La bella Rosa Scopoli lo teneva in grande considerazione e quando lui arrivava preparava i rosoli e i biscotti delle occasioni straordinarie.

C'è una foto un poco flou come si usava allora, di me e mia sorella con addosso la divisa del collegio della Santissima Annunziata: un vestito di lana grossa, grigia, una cintura blu in vita e il collettino bianco, plissettato, che ricorda vagamente i collari seicenteschi. Io sorrido nella foto: ero pronta ad affrontare con incosciente curiosità la nuova vita di collegio. Mia sorella invece ha la faccia triste. Il dolore per l'allontanamento da nostra madre lo pativa più di me. I suoi occhi malinconici dicono che qualcosa cominciava a guastarsi nel suo spirito.

Ricordo ancora la tosse insistita, una volta a letto nelle camerate del collegio. «Tossisce per attirare l'attenzione» diceva sbrigativa la suora che arrivava trafelata dall'infermeria per farci ingollare una infusione di tiglio densa, collosa e troppo dolce. Ma non era vero. In quella tosse c'era già una protesta, un abbaiare profondo contro la stupidità e la volgarità del mondo che non avrebbe mai accettato.

Alla fine della settimana le insegnanti consegnavano dei bollettini: il rosa per chi si era comportato bene, il bianco per chi si era comportato meno bene e il grigio per chi aveva trasgredito le regole. Io mi trovavo spesso col bollettino grigio perché leggevo quando non era permesso, perfino durante la messa, perché, memore della fame subita per due anni nel campo di concentramento giapponese, conservavo i pezzi di pane secco dentro l'armadietto dei quaderni, cosa proibitissima; perché invece di fare i compiti sprofondavo nei libri, perché giocavo con troppo impeto al solo gioco collettivo permesso. Si chiamava Impero ed era in sostanza un rubapalla praticato con rabbia. Due squadre avverse che si guardavano in cagnesco. Una palla che colpiva rapida e violenta. Bisognava prenderla e non farsi colpire. A me piaceva quel gioco ma certe pallonate mi risuonavano nel petto come se mi mettessero fuori asse tutte le costole.

Mia sorella stava in un'altra classe, fra le più piccole. La vedevo poco, avevamo orari diversi e abitudini diverse. A loro non era permesso giocare a Impero. Inoltre frequentavano il giardino quando noi studiavamo nelle nostre classi. Anche le insegnanti erano diverse. Ce n'era una però che insegnava sia alle piccole che a noi più grandi. Era alta, coi capelli castani, le gambe lunghe, e suscitava la curiosità di tutte per la sua fama di "comunista", ciò che metteva in allarme le ragazze, quasi fosse una malattia contagiosa. Eppure questo suo comunismo non veniva mai fuori. In che consisteva? Alcune ne parlavano sottovoce con compatimento, altre scandalizzate. Doveva trattarsi di una malattia della mente che tendeva a strozzare il pensiero, deteriorandolo e incattivendolo. Questo insinuavano le altre insegnanti.

In realtà nessuno ci ha mai spiegato cosa significasse comunismo. Ho dovuto impararlo da sola una volta uscita dal collegio leggendo Marx ed Engels. Ricordo l'emozione con cui mi inoltravo in quella prosa chiara, esplicita e comprensibile sebbene parlasse di cose difficili. Il *Manifesto del partito comunista*, la prima grande lettura politica della mia vita.

"Uno spettro si aggira per l'Europa" inizio sfolgorante. E poi quel ragionare didattico, fluido e limpido che convince. "La borghesia ha avuto nella storia una funzione veramente rivoluzionaria. Dove è giunta al potere ha distrutto tutte le condizioni di vita feudali, patriarcali, idilliache. Non ha lasciato fra uomo e uomo altro vincolo che il nudo interesse... La borghesia non può esistere senza rivoluzionare continuamente gli strumenti della produzione, quindi i rapporti di produzione, e di seguito tutto l'insieme dei rapporti sociali."

E ancora: "Nel suo dominio di classe che dura da appena un secolo la borghesia ha creato forze produttive il cui numero e la cui importanza superano quanto hanno fatto tutte insieme le generazioni passate. Ma le condizioni di produzione e di scambio, i rapporti di proprietà, la moderna società borghese che ha evocato come per incanto così potenti mezzi di produzione e di scambio assomiglia allo stregone che non può più dominare le potenze sotterranee da lui evocate".

Mi mettevo al sole, sul terrazzo romano di Lungotevere Arnaldo da Brescia, e leggevo china sul libro, talmente assorta da dimenticare i compiti per la scuola.

"Le armi con cui la borghesia ha abbattuto il feudalesimo si rivolgono ora contro la borghesia stessa, ma essa non ha soltanto fabbricato le armi che recano la morte, ha anche creato gli uomini che useranno quelle armi."

Plusvalore, lotta di classe, sfruttamento dell'uomo sull'uomo, proprietà dei mezzi di produzione. Erano analisi inquietanti ma che avevano il dono di semplificare la realtà rendendola comprensibile e quindi domabile, controllabile. Quello che non capivo e non capisco nemmeno oggi è la necessità di una dittatura del proletariato. Se da una parte si condannava ogni forma di dittatura, perché poi si accettava una dittatura del proletariato, anche se provvisoria?

Mia sorella non leggeva quanto me, lei amava la musica: in collegio studiava pianoforte con una maestrina dai capelli rossicci legati dietro la nuca a coda di cavallo; aveva mani piccole dalle dita lunghe, gli occhiali che le scivolavano sul naso, due occhi attoniti e un poco storti.

La piccola Yuki faceva parte del coro. Era tenuta in molta considerazione dalla maestrina, per la sua voce morbida e slanciata, per le sue intonazioni perfette, per la passione che metteva nell'imparare i princìpi del canto gregoriano. Nei giorni di festa le loro voci si levavano sicure e intrecciate verso la cupola collegiale, lei una delle poche piccole in mezzo alle grandi, dietro l'altare, accanto alla maestrina dalla coda di cavallo che pigiava il pedale dell'enorme organo sfiatato. Era un vanto del collegio quel coro.

Io allora, non so come, forse per distinguermi dai genitori agnostici, ero stata presa da un vero furore religioso. Creavo altarini dappertutto, dentro il banco, sul comodino, in giardino. Ho barattato la cosa più preziosa che avevo, una cornice d'argento con la foto dei genitori per una statuina della Madonna e la circondavo di fiori e di foglie. La pregavo per ogni piccola sciocchezza: che a pranzo potessi trovare venti ciliegie nel piatto anziché dieci, che il latte non sapesse di cipolla, che la suora non mi costringesse a bere la tisana di tiglio, che l'insegnante di latino e greco non mi interrogasse quel giorno, che mi trattenesse dal masturbarmi nel segreto del letto poiché, ci era stato spiegato, la masturbazione era un peccato mortale e così via.

Mia sorella era in infermeria con la tosse asinina. Così diceva la suora dandomi il permesso di andarla a trovare. Ma solo per pochi minuti perché altrimenti l'avrei presa anch'io, quella tosse. Mi aveva messo addosso una mascherina di garza che copriva il naso e la bocca e mi aveva portata al letto di mia sorella. Era stesa con gli occhi chiusi, i capelli incollati alla cute, le braccia abbandonate sul lenzuolo. Ho pensato per un momento che fosse morta. Ma poi l'ho vista aprire gli occhi e guardarmi con tenerezza.

«Che hai?»

«Solo un poco di febbre.»

«Sbrigati a guarire che dobbiamo tornare a Palermo a fine mese.»

Mi ha sorriso con una dolcezza che non le conoscevo.

Io ero un poco brusca, come si conviene a una sorella maggiore. Ma lei mi spiazzava sempre: quando pensavo di averla urtata, mi rispondeva con un sorriso angelico; quando credevo di averle detto qualcosa di dolce, reagiva con un grugnito. Era imprevedibile ed enigmatica. Una ragazzina dagli umori instabili, tanto generosa di sé da apparire sfrontata, tanto triste da apparire inconsolabile. Eppure sapeva ridere, di sé e degli altri. Cantare e ridere, le due forme più alte della felicità umana.

La spalla come una ala di uccello, gli occhi lucidi e angosciati. Un giorno, molti anni prima che la malattia si aggravasse, poco dopo lo sfascio del matrimonio, mia sorella si è stufata e ha deciso di andarsene per sempre senza tanti saluti, con i modi appassionati che le erano propri. Ha ingurgitato delle pillole che l'hanno sprofondata in un sonno catalettico, poi è entrata in coma.

Una corsa in ambulanza. Un ingresso frettoloso al Pronto soccorso. La lavanda gastrica. E quindi la degenza in ospedale con le braccia trafitte da aghi attaccate a tubi trasparenti in cui scorrevano liquidi biancastri.

L'ospedale ha un respiro greve e dolente. L'odore dei disinfettanti ti avvolge, penetra nelle narici provocando un senso di vertigine che viene represso dal dovere dell'ottimismo. Devi dare il buon esempio, sorridi! Sarei voluta scappare, ma pure stavo lì a guardarmi intorno: accanto alla finestra una donna giovane, dalla bocca senza denti, biascicava qualcosa di incomprensibile, una ragazzina seminuda dai capelli rosso carota masticava come una capra, una vecchierella dal passo titubante se l'era fatta addosso, un'altra donna anziana dalle gambe gonfie e livide si lamentava piano. Strano inferno l'ospedale, dove cammini in punta di piedi per non disturbare. Eppure i rumori sono assordanti: campanelli che squillano striduli e insistenti, il gorgoglio delle macchine ad ossigeno, la televisione che resta accesa senza che nessuno la guardi, gli zoccoli pesanti degli infermieri. Non c'è un momento di silenzio.

L'ho lasciata che dormiva. Sembrava rassegnata a riprendere la vita quotidiana, fatta di quelle piccole cose che ancora la rallegravano: ascoltare il flauto della figlia, mangiare gli zukemono (verdure marinate nella soia) col riso bianco cotto al vapore – lontano e sensuale ricordo di un Giappone ormai dimenticato – sedersi al sole nel giardino striminzito della casa di campagna sotto un tiglio in fiore, guardare due gattini dal pelo rosato che si puliscono a vicenda tirando fuori una piccola lingua rosea e rasposa.

Sono rientrata a casa a scrivere. Avrei voluto parlare di lei, ma qualcosa mi tratteneva la mano. Ci sono voluti quasi quindici anni per arrivare a scriverne senza sentirmi diventare le braccia di marmo. Ma anche oggi, da quando ho cominciato a raccontare di lei, la notte mi sveglio dieci volte, la bocca riarsa, una curiosa voglia di ballare. Il ballo delle età, il ballo dei pensieri mortificati. La mia retina conserva ancora le immagini di un bellissimo spettacolo di Emma Dante, *Ballarini*, che ho avuto ospite nell'estate 2011 al festival di Gioia che dirigo.

Due bauli in scena e niente altro. Due attori bravissimi che indossano maschere mostruose di vecchi: rughe scomposte, doppi menti, labbra avvizzite, occhi pesti. Calvo e sdentato lui, capelli bianchi e lunghi lei. Alto alto lui, bassina e con la schiena curva lei. Si accostano al suono di un carillon e si mettono a ballare, lentamente, strascicando i piedi.

Ma presto qualcosa sembra germogliare dai loro corpi, come una liberazione di forze per troppo tempo imprigionate, forse solo la memoria del passato, qualcosa che li libera dalle rughe, dai bitorzoli, dai capelli bianchi e li fa tornare, in una metamorfosi all'inverso, giovani e robusti.

Eccoli rialzarsi adolescenti, agili e scattanti: due ragazzi che ballano, si scatenano in un boogie-woogie senza soste. Si baciano, si accoppiano, sempre ballando e da quell'accoppiamento nasce un figlio. Che si strappano di mano facendolo balzare, saltare, precipitare. Senza smettere mai di ballare. Ed ecco che lei rimane incinta un'altra volta. La pancia rotonda balla con lei, il figlio provoca un terremoto di movimenti, sembra voglia uscire da quel ventre danzando e saltando. La madre lo trattiene con le due mani. Il padre le balla intorno.

Ma il tempo inesorabilmente appiattisce i loro appetiti, calma i loro ritmi e li rende sempre più goffi e impediti. Finché non li ritroviamo vecchissimi e sfiancati: lei di nuovo con la maschera dai bitorzoli, le rughe, i capelli bianchi, la schiena curva. Lui, però, sorprendentemente non invecchia, lui sembra continuare, ballando, a precipitare verso l'infanzia. Infine sparisce nel buio mentre lei diventa sempre più curva e stanca, col respiro affannato. La donna è rimasta sola. E non può ballare. Piegata su se stessa, con lentezza esasperante, mette a posto le cose della loro vita in comune: la giacca maschile dal fiore all'occhiello, il velo da sposa, il bambino fantoccino. La luce si spegne su una solitudine desolata e arrendevole. Straordinario spettacolo che racconta la terribile storia del passaggio del tempo. Nella memoria profonda il tempo non è lineare, ma perversamente avvoltolato come un groviglio inestricabile: l'inizio si confonde col centro e il centro con la fine. Non ci sono linee rette nella percezione intima del tempo. Per questo è indiscreta e misteriosa la storia segreta delle cose.

Quando sono tornata in ospedale la mattina dopo, mia sorella non c'era. L'ho cercata fra i letti. Ho pensato: mi sarò sbagliata di stanza, di numero, forse non ricordo bene. Poi chiedo informazioni ma l'infermiera di turno non ne sa niente. Infine mi rivolgo alla capo reparto e mi sento dire che è stata trasportata a Santa Maria della Pietà, l'ospedale psichiatrico della città. Ma perché? chiedo esasperata. «Sua sorella non ci sta con la testa. Voleva alzarsi e siccome glielo abbiamo impedito, ha strappato i tubi di alimentazione, e si è messa a urlare. Mi dispiace, ma non avevamo scelta.»

Sono corsa all'ospedale psichiatrico e l'ho trovata lì, legata mani e piedi, su un lettuccio di ferro. Tremava, aveva gli occhi spenti e mi guardava senza riconoscermi.

«Che t'hanno fatto?»

Ma non rispondeva.

Sono andata alla direzione. Ho contrattato la sua uscita. Se mi prendevo tutte le responsabilità, si poteva fare. Ho firmato.

«Ma ancora per tre giorni deve rimanere in osservazione.»

Per tre giorni sono andata a trovarla mattina e sera. Riprendeva a mangiare, anche se assomigliava più a uno zombi che a una persona. Doveva nutrirsi con le posate di plastica perché non si fidavano.

«Dobbiamo cautelarci, potrebbe ritentare il suicidio.» Capivo che era il metodo peggiore, ma non potevo mettermi contro l'ospedale intero.

Anni dopo avrei trascorso ore e ore all'ospedale di salute mentale di Imola, dove ero andata per seguire il lavoro di uno psichiatra fiorentino durante una inchiesta sugli ospedali italiani. In quell'occasione ho conosciuto Giorgio Antonucci, un uomo coraggioso che ha slegato i "matti" considerati irrecuperabili e li ha riportati alla vita comunitaria.

Succedeva ai tempi in cui Basaglia cominciava a preparare la sua proposta di legge, quando ancora i manicomi erano delle prigioni, con sbarre di ferro alle finestre, e chiavistelli a tutte le porte.

Nel manicomio di Imola c'era un reparto di cosiddetti "irrecuperabili" tenuti nudi legati ai letti. Quando un infermiere si avvicinava, loro sputavano, mordevano, a qualsiasi ora se la facevano addosso e per questo stavano incatenati a quei letti con un buco nel materasso e un secchio che raccoglieva le loro feci e l'orina. Rifiutavano di mangiare e per fare loro ingollare un poco di cibo spesso gli infermieri erano costretti ad aprire i denti con un arnese di ferro che li spezzava. Tutti temevano "i pazzi furiosi" e non li lasciavano mai liberi perché «se li slacci ti sbranano, sono inferociti».

«Per forza!» diceva Antonucci serafico «sono arrabbiati per il trattamento che subiscono, e hanno tutte le ragioni.»

Con piglio deciso ma dolcissimo Antonucci ha preso in carico il reparto e in pochi mesi li ha portati alla normalità, dimostrando, come dice Foucault, che è il manicomio a creare la malattia. Parlando con loro come a degli esseri umani, dando loro fiducia, ascoltandoli raccontare, vestendoli e nutrendoli a dovere, ha ottenuto che i malati smettessero di rifiutare il cibo, di sputare e urlare, di farsela addosso.

Ho assistito personalmente a questa metamorfosi e ne sono stata commossa. Ho partecipato alla festa in onore dei "recuperati" che, con addosso vestiti colorati, un sorriso di benessere sulle labbra, ballavano fra di loro, cantavano, mangiavano e ridevano.

In altri tempi si sarebbe detto un miracolo. Ma era semplicemente l'applicazione generosa di un diverso sistema per cui il pazzo non è da considerarsi un demente incapace di intendere e di volere o un corpo posseduto dal demonio, ma semplicemente una persona provvisoriamente malata che ha bisogno di cure, ma anche di fiducia, di attenzione, di gentilezza e affetto, come tutti. E può, anzi deve guarire.

Ma ancora all'ospedale di Santa Maria della Pietà di Roma non erano passate le nuove idee sulla malattia mentale. Le persone etichettate come "pericolose" venivano legate, tenute lontane da coltelli, forchette, bicchieri di vetro, considerate rischiose per sé e per gli altri. D'altronde non si usavano ancora gli psicofarmaci potenti che si utilizzano adesso, che sono delle forme nuove di contenzione. Non c'è più bisogno di camicie di forza, né di camere imbottite, di legacci per caviglie e polsi, né di materassi con il buco per l'incontinenza. I malati possono circolare liberi, purché ridotti a morti viventi dai potenti farmaci che agiscono sulla psiche. Farmaci che non guariscono la malattia, ma semplicemente la mettono in stato di letargo.

Il terzo giorno ho potuto portare via mia sorella che era tornata a ragionare con la solita lucidità, aveva ritrovato, anche se solo in parte, il suo amore per la vita e per la musica. Nonostante il periodo infelice – la fine del matrimonio, l'allontanamento della figlia, la mancanza di una casa – si era rimessa in sesto su quel filo sottile che la reggeva in miracoloso equilibrio. Il bisogno di giustizia era stato ferito. Qualcosa in lei si era rivoltato con rabbia inaspettata.

"L'autopunizione che noi donne conosciamo bene, educate da millenni a dirigere verso noi stesse l'aggressività propria dell'essere umano" come ha commentato Josepha in una mail, scritta di mattina, che mi ha raggiunto nelle ore serali. "Quando il nemico esterno diventa un tabù, nella disperazione di trovare un responsabile, lo si individua in quell'altro io che alberga dentro di noi, in un dualismo creato dall'educazione..."

"Qualcuno parla di una natura femminile" ho risposto io per provocarla.

"Come si può parlare di natura dopo millenni di condizionamento storico? E poi guarda che a parlare di natura sono sempre i razzisti. Il razzismo comincia così, con la constatazione di una diversità naturale: il colore della pelle, il sangue, la forma del cranio, il sesso e poi via via si arriva al concetto di una razza superiore che ha il diritto di dominare sulle altre" ha replicato Josepha con quella sua aria pensosa e sicura, "le donne hanno fatto proprio il senso di inferiorità, talmente bene inculcato che risulta del tutto naturale."

"A volte con effetti anche comici" scrivo io: "come quelle mogli che difendono a tutti i costi il proprio marito o il proprio compagno che si è comportato da criminale. Una grandiosa pretesa di maternità? Una voglia di redenzione? Un sogno di onnipotenza?"

"Sì, a volte c'è da proprio da ridere. Si sono viste mogli che difendevano il marito stupratore colto in fallo, fidanzate che proteggevano il loro uomo condannato per truffa e collusione con la mafia, compagne di vita che sostenevano il proprio fidanzato recluso per avere ucciso un'altra donna. Non c'è tradimento che tenga, non c'è logica che regga. Il pensiero femminile profondo sembra che dica: quell'uomo è mio e solo io lo capisco, solo io saprò redimerlo, solo io saprò difenderlo. In nome di una rassegnata fedeltà amorosa. Francamente risibile ma che pure rivela una grandiosa e ingenuissima rinuncia alla propria autonomia. E tutto in nome dell'amore."

"Un amore che solo le grandi madri sanno esprimere così cieche e così ingiuste."

C'è un piccolo cane in questa foto in cui appariamo mia sorella ed io, in abiti estivi, sulla terrazza della casa del Lungotevere Arnaldo da Brescia dove abbiamo abitato per qualche anno con papà Fosco. Il cagnolino si chiamava Cirillo. Era nero e aveva le zampe storte. Trovato per strada, magro, affamato e coperto di pulci, non ha mai perso l'ansia da abbandono.

Se rimaneva solo in casa ululava come fanno i lupi. Mia sorella lo chiamava Cillo. E lui le era molto affezionato. Mangiava di tutto, anche la frutta, la verdura, cosa rara per un cane. Correva dietro ai gatti, ma solo per giocare, non ne ha mai aggredito uno. Tremava quando lo si prendeva in braccio, tanta era la gioia di essere coccolato e curato. Non abbaiava mai.

Una volta rimase chiuso in una stanza per sbaglio e noi a cercarlo per tutto il quartiere sgolandoci, ma lui, pur sapendo che lo cercavamo, non ha dato segni di vita. Tanto era il suo avvilimento per la dimostrazione della nostra trascuratezza – chi l'aveva chiuso nella stanza? si può essere così distratti? – che si sarebbe lasciato morire di sete piuttosto che farsi vivo.

Ho sempre avuto cani nella mia vita. Qualche volta anche un gatto, come quando Ginni e Carbone convivevano pacificamente nella mia casa di città e in quella di campagna. Ginni era una cagna da caccia abbandonata, ma già adulta. E io l'ho tenuta finché è morta di cancro, sempre più prosciugata e avvilita. Carbone l'avevo trovato dentro un cassonetto, piccolo come un uccellino. Nero nero con due grandi occhi gialli. È cresciuto in fretta, diventando enorme, nerissimo e scorbutico. Silenzioso e pigro, si credeva una pantera. Aveva della bestia selvatica il passo lungo e circospetto, la furbizia innata, l'occhio freddo e attento, una prodigiosa capacità di arrampicarsi sugli alberi più alti, da cui però non sapeva come scendere e finiva col miagolare chiedendo aiuto. E noi eravamo costretti ad arrangiarci con scale e corde per recuperarlo.

Quando vivevamo in Sicilia avevamo un cane che si chiamava Regina. Un altro trovatello, un altro bastardello abbandonato da non si sa chi. Era magro e rossiccio e aveva una coda lunga e folta, sempre voltata all'insù a mo' di bandiera. Faceva lunghe passeggiate con mia sorella. E lei gli cantava canzoni bellissime. Quando Yuki cantava, lui si accucciava e appoggiava il muso sulle zampe, in posizione di ascolto rapito. Non ho mai conosciuto un cane che fosse così affascinato dalla musica come lui. Non so perché si chiamasse Regina visto che era un maschio ma probabilmente lo avevamo creduto femmina quando era stato raccolto per strada.

Non abbiamo mai avuto cani di pregio. Erano sempre trovatelli oppure animali salvati dal canile municipale che, dopo averli custoditi per qualche settimana, li avrebbe eliminati.

A Regina grande e rosso è succeduto Cirillo, piccolo storto e nero, ma intelligentissimo. Aveva un suo modo di farsi capire che era un vero e proprio linguaggio. Non solo agitando la coda, accucciandosi e levandosi di scatto, ma anche guaendo con una voce sottile e modulata che, secondo il ritmo, diceva molte cose, prima di tutto: non mi lasciare! Aveva il terrore di essere abbandonato. Poi: amami! Era assetato d'amore e per quanto gliene dessimo, non era mai contento. Gli piaceva molto anche giocare, scherzare, inventare piccoli, buffissimi trucchi. Era un cane abituato a viaggiare. Gli piaceva sistemarsi sul sedile davanti e guardare fuori, con un piglio da capitano di mare che dirige i marinai e la nave verso la rotta giusta. Con un piccolo guaito faceva capire quando incombeva un pericolo. Una volta arrivati, scendeva dall'automobile saltando composto e si dirigeva con dignità e comica regalità a orinare contro la ruota posteriore dell'auto, come per ringraziarla di averci portati sani e salvi alla meta.

Il cane era un legame fra me e mia sorella quando abitavamo insieme nella casa di mio padre sul Lungotevere Arnaldo da Brescia nei primi anni Sessanta. Una bella casa esagonale costruita da Nervi. Era piccola per tre persone, noi due sorelle dormivamo in una stanza minuscola, su un letto a castello e per fare i compiti dovevamo usare il tavolo da pranzo perché nella camera da letto non c'era posto per una scrivania. In compenso disponevamo di una terrazza immensa, in parte coperta da un tetto di rafia foderato di rampicanti sotto cui mi rifugiavo appena il tempo lo permetteva, per studiare.

Le finestre davano sul fiume – ho sempre amato l'acqua e in tutti i miei cambiamenti di casa non mi sono mai allontanata dal Tevere – e su un giardino con grandi platani e cespugli di oleandri. Il giardino anni dopo è stato dimezzato per costruire dei garage sotterranei. Che non sono mai stati finiti. Da quasi dieci anni è ridotto a un fazzoletto diviso da una parete mobile di ferro e rete metallica. Al di qua della rete io porto la mia cagnolina di oggi, Bionda, a correre e fare i suoi bisogni (che raccolgo diligentemente); dall'altra parte, al di là della parete mobile, si accatastano le immondizie, scorrazzano i topi. Gli spazi abbandonati delle città hanno questo destino: si trasformano rapidamente in discariche sudicie e puzzolenti. Molti lo prendono per una latrina e ci vanno a fare i bisogni, riparati da quel tramezzo. Altri semplicemente buttano al di là della recinzione i sacchetti pieni di teste di pesce o di verdura fradicia.

La vedo ora, con gli occhi della memoria, mia sorella la "lavoratrice della voce", correre accanto al cane Regina, i capelli lunghi biondi le saltellavano sulle spalle, la gonnella bianca si gonfiava sulle gambe abbronzate. Era così agile e bella prima che la malattia la acchiappasse con le sue unghie aguzze e la tenesse prigioniera con crudele determinazione.

Aveva un fortissimo senso della giustizia. Non sopportava le prevaricazioni. Questo è sempre stato un male di famiglia. Ci siamo messi nei guai proprio per non avere accettato la prepotenza. Una cosa di cui andare fieri, ma che ci ha indeboliti e screditati, a volte francamente messi fuori da tutti i giochi, come quando, per il rifiuto di aderire alla Repubblica di Salò – decisione presa con uguale determinazione sia da mio padre che da mia madre in separata sede – siamo andati a finire in un campo di concentramento giapponese per due anni.

Due anni sono lunghi. Mia sorella aveva vissuto solo cinque primavere, io sette. Giocavamo con le pietre, fingendo che fossero pietanze prelibate: «Questo è un pasticcio di zucchine e ricotta. Ci mettiamo sopra un poco di salsa di lepre in salmì?».

«Sì, mettiamola.»

«E ci mettiamo anche uno strato di glassa?»

«No, la glassa non va, è dolce, questo pasticcio è salato.»

«Ma un pasticcio non può essere dolce e salato nello stesso tempo?»

«No, non può essere, tu confondi i sapori: il dolce col dolce, il salato col salato.»

«Ma guarda che in Cina si mangia il salato col dolce.»

«Chi te l'ha detto?»

«L'ho sentito da mamà.»

Se lo diceva mamà doveva essere vero. Non raccontava panzane la nostra bellissima e saggissima mamma dalle mille risorse. Però Yuki non era convinta e voleva che glielo confermasse anche papà. Credo che si fidasse più dell'autorità paterna che della sapienza materna. I padri non sono forse i trasmettitori della sapienza istituzionale? I padri ne sanno di più. I padri sono amabili e amati. I padri sono seducenti. I padri sono potenti. I padri sono eterni. Padreterno. Non a caso il padreterno è anche il signore del mondo. Il padreterno è Dio e nessuno ha mai pensato che potesse essere di genere femminile.

Anch'io, come tutte le bambine, adoravo mio padre e ne ero affascinata. Un padre giovane, bello, biondo e robusto, sapiente come un antico filosofo greco, pronto a tutte le avventure e a tutti i viaggi più aspri e azzardati. Come non amarlo?

Non aveva sedotto anche nostra madre che con la sua solare e intelligente bellezza attirava gli uomini come lo zucchero le api? Una donna colta, dal grande talento di pittrice, aveva abbandonato la pittura e la famiglia siciliana per seguire il fiorentino che volava sulla sua motocicletta, una camicia bianca dalle maniche arrotolate, un paio di scarpe da montagna, i pantaloni marroni alla zuava, un berrettello malandrino gettato fra orecchio e orecchio che gli lasciava saltellare un ciuffo sulla fronte, un sorriso incantevole, amante della montagna, grande scalatore, grande sciatore, come non rimanerne conquistati?

Nel campo di concentramento giapponese spesso mio padre ed io ci sedevamo sotto un albero: un ciliegio le cui foglie seccate al sole venivano macinate e arrotolate dentro una foglia più grande per farne sigarette. Ho ancora nel naso l'odore di quelle sigarette di frammenti di ciliegio, un poco simile al trinciato al miele, buonissimo da annusare anche se raschiava la gola a chi le fumava e, a lungo andare, faceva venire male alla testa.

Sotto quel ciliegio che però non produceva frutti perché si era inselvatichito, mio padre mi insegnava la tabella pitagorica. «Quanto fa cinque per cinque?» «Venticinque, papà.» «E sei per sette?» «Non mi ricordo.» «Prova a cantarli i numeri, prova con me, ecco: due per due fa quattro, tre per tre fa nove, quattro per quattro sedici… prova!» E io provavo, cantando con lui. Così apprendevo rapidamente. Non ho più dimenticato la tabellina pitagorica proprio per quelle cantate sotto il ciliegio. Ancora oggi se voglio ricordare quanto fa otto per otto devo cantarlo nella mente ricordando la voce di mio padre.

Per il mio compleanno nel campo di concentramento papà Fosco mi ha fatto il più grande regalo che potessi desiderare: un pinocchio di legno intagliato in un ramo del famoso ciliegio. Era un burattino rozzo e approssimativo: al mio giovanissimo padre mancavano gli strumenti per intagliarlo bene e soprattutto per attaccargli gli arti, ma per me, che ero completamente priva di giocattoli, era un dono inaspettato e felice. Me lo portavo sempre appresso.

«Me la racconti la storia di Pinocchio, papà?»

Ma lui non ricordava le favole. «Chiedi a mamà» rispondeva. Lui sapeva tutto sulle stelle, sapeva tutto sulla nascita dell'universo, sapeva tutto sulla geografia e sulla storia, ma le favole non le ricordava. Oppure le disprezzava, non so. Erano una cosa da femmine.

Così andavo da mia madre: «Mi racconti la storia di Pinocchio, ma'?».

E lei, con pazienza, mentre cuciva le camicie per i guardiani dietro compenso di un uovo, di una patata per noi bambine affamate, mi raccontava di Pinocchio e di Geppetto, del grillo parlante e della fatina dai capelli azzurri. La prima vera storia italiana che io abbia imparato a conoscere. Sapevo a memoria tante favole, ma erano giapponesi. Me le aveva raccontate la tata Moriokasan, detta anche Oka-chan, che vorrebbe dire piccola mamma, visto che ci accudiva e ci nutriva come avrebbe fatto una madre. Oka-chan raccontava terribili favole di fantasmi che si aggirano di notte per le campagne a caccia di bambini disobbedienti, di mogli infedeli che vengono strangolate o trasformate in volpi. Volpi che, poi, sedute sull'orlo di un pozzo nelle notti di luna piena aspettavano che un uomo gentile venisse a liberarle e con un bacio incantato ridesse loro forme umane.

Solo anni dopo, leggendo *La signora trasformata in volpe* di David Garnett mi sono ricordata di quella favola giapponese ascoltata da bambina. Ma Garnett dà alla metamorfosi un segno positivo. Per lui la donna si trasforma in volpe perché è più vicina alla natura. Perché è capace, per amore, di trasformarsi, anche a costo di perdere i privilegi degli umani. La signora di Garnett infatti si innamora di una volpe maschio e dà alla luce dei volpetti. Ma viene uccisa, perché gli uomini uccidono le volpi, nonostante in lei alberghi una donna giovane e bella, moglie di un marito che non la riconosce più. Mentre nella favola giapponese la donna trasformata in volpe subisce una punizione ed esprime il suo dolore appollaiandosi sul bordo dei pozzi nelle notti di luna piena.

Deve essere vero che le volpi hanno questa facilità di mimetizzarsi con l'essere umano, anche se non sono addomesticabili. Un giorno di settembre, nella mia casa di Pescasseroli ho sorpreso una volpe seduta su una sedia davanti alla tavola appena sparecchiata. Sembrava pacificamente aspettare di servirsi di qualche ghiotta pietanza. Appena mi sono avvicinata è scappata via. Ma ciò non toglie che sia rimasta lì tranquilla, mentre noi riposavamo, a fingersi una persona seduta a tavola per cenare. L'avevamo osservata nascosti dietro una finestra.

Avevano ragione gli antichi favolisti, niente come una fiaba raccontata a un bambino rimane nella memoria: monito, insegnamento, esperienza sensuale, consiglio, esortazione, rivelazione dei sensi e dell'intelligenza. Come dice Bruno Bettelheim. Le tremende favole educatrici di Perrault avevano un senso profondo: fare conoscere il male a chi vive nell'indifferenziato infantile, fare apprendere le forme e i sapori di quel mostro che alberga anche dentro ciascuno di noi, bambino o adulto che sia.

"Oggi ci si rivolge ai bambini con un linguaggio minimalista e manierato, tutto fatto di diminutivi e cantilene, che falsifica la realtà" scrive seriosa la mia amica Josepha, "si pensa al bambino come a un innocente pupattolo da curare e viziare. Mentre gli antichi trattavano il bambino come un uomo, anche se piccolo. Bisognava fargli conoscere, con serietà e anche una certa brutalità, ciò che essi ritenevano costituire l'essenza della realtà sociale, perché poi non si trovasse impreparato. I bambini dovevano crescere in fretta e imparare per tempo. La vita durava poco. Il piccolo cresciuto era mandato presto alla guerra e la bambina a fare figli, a tredici, quindici anni."

Anche *Pinocchio* è una favola didattica, che vuole insegnare ai bambini a studiare, a non perdere tempo nei giochi, a risparmiare denaro, a rispettare il padre. Ma Collodi non sospettava che il suo libro avrebbe pescato nelle profondità dell'inconscio collettivo, che avrebbe toccato luoghi simbolici molto aspri e inesplorati dell'animo umano. Il racconto del burattino disobbediente si è trasformato, malgrado le intenzioni semplicistiche del suo autore, in un libro denso e misterioso che può essere interpretato in tanti modi diversi.

Io lo leggo oggi come il racconto patetico e delizioso della eterna e sempre repressa voglia di tenerezza paterna da parte di un uomo senza moglie e senza figli. Ma si può anche leggere come il viaggio di un Ulisse bambino che sfida il mondo e la natura per affrontare l'arcano passaggio del tempo. Una inquietudine senza respiro.

Oppure ancora come il sogno tutto maschile di un mondo senza donne – la sola donna che appare è morta ed ha la inconsistenza meravigliosa di una bambola dai capelli di lana – in cui gli uomini fanno i figli, li accudiscono e creano un rapporto d'amore assoluto col proprio bambino, come hanno visto fare alle madri di cui sono in qualche modo invidiosi.

Oppure ancora come il racconto surreale e fantastico di una metamorfosi impossibile: un pezzo di legno che si fa uomo. Un sogno di onnipotenza da parte di un umile artigiano: Dio ha creato l'uomo impastando un poco di fango, non potrebbe un povero ciabattino, ma tanto innamorato della vita, fare la stessa cosa traendo fuori da un ciocco muto un burattino parlante che diventerà per magia d'amore un bambino vero?

È anche un racconto di fame quello di *Pinocchio*. Per me che vivevo di sogni mangerecci mentre lo stomaco si contorceva per la privazione del cibo, era affascinante sentire che anche nella lontana Italia c'erano bambini che pativano la fame e si nutrivano di bucce di pera.

«Pinocchio, che era rimasto senza piedi per averli bruciati sul fuoco del braciere, chiede al padre qualcosa da mangiare. Ma in casa non c'è niente salvo una pera. Geppetto la porge al figlio burattino e lui sai che dice: "Caro padre, fatemi il piacere di sbucciarla questa pera". Il padre si scandalizza e lo chiama Boccuccia: "Un ragazzino povero come te non può fare tanto lo schizzinoso". Ma Pinocchio sai come risponde? "Sarà come dite, babbo, ma io non mangerò mai una frutta che non sia sbucciata. Le bucce non le posso soffrire." Lo vedi come era schizzinoso Pinocchio? Quasi come te, che l'altro giorno ti sei rifiutata di mangiare le felci bollite.»

Sapevo che era un sacrilegio rifiutare la verdura, ma quelle felci erano talmente amare che non riuscivo a inghiottirle. Ricordo ancora l'odore di quell'amaro e me impietrita davanti al piatto mentre le lagrime scendevano lungo le guance.

«E che rispose Geppetto, ma'?»

«Geppetto non disse niente ma prese le bucce e il torsolo e li posò su un piatto all'angolo del tavolo.»

«E Pinocchio?»

«Pinocchio non degnò di uno sguardo quelle bucce, finché qualche ora dopo fu preso dalla fame e si mangiò sia le bucce che il torsolo.»

Così avevo fatto io con le felci. Anche noi avremmo mangiato le bucce e il torsolo. Solo che non disponevamo nemmeno di una pera da sbucciare. Avevamo provato a mangiare di tutto: perfino le ghiande. Ci dicevamo: se i maiali se ne saziano, potremmo farlo anche noi! E abbiamo provato a seccarle, ridurle in polvere e poi impastarle e cuocerle. Ma ne veniva fuori una pappa che incollava la lingua al palato, amara come il fiele e assolutamente indigeribile. Tutto quello che capitava a tiro veniva subito acciuffato e divorato. Un topo, una lucertola, un serpente. Uccisi, spellati e bolliti. Una schifezza di carne dura e legnosa. Ma qualsiasi cosa era meglio di quella fame terribile che ci consumava lentamente.

Diverse nella puntualità, io e Yuki ci assomigliavamo invece nell'incapacità assoluta di avere a che fare con i soldi. Eppure i soldi servono. Ma come guadagnarli? Mia sorella era negata, ancora più di me. Dalla sua musica ha guadagnato sempre poco, sebbene andasse continuamente in giro a fare concerti. Incapace di contrattare, di esigere, si accontentava di poco, sempre con l'atteggiamento di chi fa le cose per la gioia di farle, senza volere vendere il proprio talento, le proprie capacità. Uno spirito da grande dilettante. Mentre gli altri conteggiano, risparmiano, negoziano, lei cantava libera su un ramo come la famosa cicala della favola di Esopo che poi d'inverno si trova senza cibo e senza un tetto.

Io sono più formicuzza, come dicono in Sicilia. Cammino tutto il giorno trasportando un peso sulle spalle perché ho la consapevolezza che verrà l'inverno e se non avrò da parte un poco di grano, non saprò come sopravvivere. E difatti poi è la formicuzza che provvede alla cicala rimasta senza casa e senza cibo. Ma nonostante questo, sono negata per le contrattazioni, sempre perdente in fatto di richieste, col sentimento di essere in colpa ogni volta che domando il compenso per un lavoro.

Il denaro è sporco? Il denaro è dannato? Il denaro porta avidità e violenza?

"Può darsi" scrive Josepha che non si stanca mai di scrivere e combattere con le parole nelle sue lettere elettroniche che arrivano puntuali e appaiono fresche sullo schermo del mio computer, "ma il denaro dà anche libertà, se guadagnato onestamente, dà una grande libertà. Anche quella di essere generosi con gli altri."

"Eppure sai, io mi sento a mio agio solo quando lavoro gratuitamente. Per difendere i miei interessi legittimi mi devo affidare a qualcun altro: un avvocato, un agente. Fosse per me, lavorerei solo gratis: una specie di volontariato a vita. Cosa che faccio per il teatro, per tante attività culturali. Il denaro, se non è sporco o dannato, ha qualcosa però che pervade e corrompe, sarà un pregiudizio di impronta luterana, non so."

Le racconto di un film che mi è rimasto nella memoria: *Greed* di Erich Von Stroheim. Un marito e una moglie hanno la fortuna di vincere un premio in monete d'oro. Ma la fortuna si trasforma quasi subito in occasione di rancore e battibecchi rabbiosi. La donna vuole nascondere il denaro sotto il materasso e continuare a vivere nella miseria. Non avendo mai visto una moneta di valore in tutta la sua vita, ora vuole avere vicino quell'oro. Prova addirittura un piacere sensuale nel tenere le monete fra le mani. Carezza i dobloni, li appoggia sul ventre, sul seno. Non dissimile da una Danae sedotta da Zeus che le rovescia sul ventre una cascata di scudi (ma forse si trattava di talenti, la moneta degli antichi greci) luminosi e leggeri.

Lui invece, il marito, vorrebbe spenderli quei soldi vinti per caso. I due litigano in continuazione, il matrimonio diventa un inferno e finisce che, in un impeto di rabbia, l'uomo, convinto di fare così giustizia, uccide sua moglie e si appropria delle monete accumulate e tenute sotto il materasso. Si può uccidere per fare giustizia?

Tolgo un libro dallo scaffale e rileggo le parole di Raskol'nikov che ha ammazzato la vecchia usuraia con l'idea appunto di imporre l'onestà: "Mi limito a credere che gli uomini, per legge di natura, si dividono in due categorie: una inferiore, degli uomini ordinari, per così dire materiali, uomini che servono unicamente a procreare altri individui simili. E poi c'è un'altra categoria: quella degli uomini veri e propri, i quali hanno il dono o il talento di dire, in seno al loro ambiente, *una parola nuova*. Esistono, si capisce, infinite sfumature, ma i tratti caratteristici delle due categorie sono abbastanza netti: la prima categoria, vale a dire il 'materiale', è composta in linea di massima da persone per loro natura conservatrici e per bene, che vivono nell'obbedienza e amano obbedire... Quelli della seconda categoria, invece, violano la legge, sono dei distruttori, o per lo meno sono portati ad esserlo a seconda delle loro attitudini. I delitti di questi uomini, sono relativi e assai disparati: per lo più essi chiedono, con le formule più svariate, la distruzione del presente in nome di qualcosa di meglio. Ma se a uno di loro occorre, per realizzare la sua idea, passare anche sopra un cadavere, sopra il sangue, secondo me egli, nel suo intimo, in coscienza, può permettersi di farlo... Ed è soltanto in questo senso che io parlo di un loro diritto a delinquere".

"Raskoln'ikov rivendica il 'diritto a delinquere' dell'uomo superiore, capisci?"

"Proprio come certi fidanzati respinti, di oggi, i quali ritengono che l'amore significhi possesso e possesso tirannia" commenta Josepha compunta.

«Nessuno può farsi giustizia da solo» diceva mio padre, osservando una guardia del campo che dall'alto di un balcone gettava con disprezzo le bucce dei mandarini in cortile per il divertimento di vedere noi bambine correre a raccoglierle e cacciarle in bocca avidamente nonostante fossero sporche di terra.

«Mi verrebbe di strozzarlo» aggiungeva Fosco con una smorfia, «ma non lo farò mai, perché è un giudice che deve decidere della sua colpa. Io compirei una vendetta, che mi darebbe soddisfazione, ma la giustizia è superiore alla vendetta, capisci Daciuzza, rammentalo: la giustizia è uguale per tutti e rispetta le regole, la vendetta è arbitraria e personale e non rispetta nessuna regola.»

Anche papà Fosco aveva lo stesso difetto di non sapersi fare pagare per il suo valore. Pur lavorando tanto, non è mai diventato ricco. Alla sua morte abbiamo scoperto che aveva ceduto tutti i suoi diritti a editori rapaci, associazioni bisognose di soldi, firmando rinunce per gli anni a venire.

Le sue passioni erano altrove: la montagna prima di tutto, i viaggi, il vagabondaggio, la conquista di una vetta, le donne sfuggenti e poi devote, l'amato Giappone, l'amato Tibet.

"Chi è pratico soltanto delle Alpi difficilmente potrà immaginare quel che significhi vuotezza di contenuto umano accompagnata da una tale pienezza di realtà fisica" scrive Fosco in un delizioso libro chiamato *Dren-Giong. Appunti d'un viaggio nell'Imàlaia* (che spero sia ripubblicato presto perché lo merita davvero) "da noi ogni montagna, ogni parete, ogni cresta, ogni colatoio di ghiaccio ed ogni spigolo di roccia porta un nome, ha una storia e per l'alpinista è legato allo sforzo eroico della cordata che per prima vi si aprì una via: da noi possiamo accampare dei diritti sulla natura ed i monti in certo senso ci appartengono. Ma quaggiù nell'Imàlaia nulla di tutto ciò: le vette s'ergono impassibili ed i ghiacciai salgono solenni verso l'azzurro, indifferenti a tutto, terribili e sovrumani. Ci si sente piccoli, sperduti, sopraffatti: come bimbi entrati di nascosto in una cattedrale."

L'estasi della magnificenza naturale non gli fa dimenticare però il rapporto coi vivi, anche con i portatori, così coraggiosi e infaticabili. Le gambe nude, i piedi difesi da sandali di rafia e di pelle, pateticamente inadatti per camminare sul ghiaccio, i portatori seguono i grandi esploratori reggendo sulle spalle i pesi che loro, i giovani europei ben equipaggiati, non riescono nemmeno a sollevare. Sopra i cinquemila metri si respira a stento.

"I portatori si sono fermati", racconta ancora Fosco in *Dren-Giong* "avanti di proseguire vogliono rifocillarsi. Essi hanno acceso il fuoco a ridosso di una roccia ed aspettano che bolla il cià, quella densa infusione d'un tè tutto foglie e stecchi a cui vanno aggiungendo manate di burro, prese di soda e generosi pizzichi di sale. Per turno uno degli uomini scopre la brodaglia che borbotta e la rimescola col ramaiolo." Una brodaglia che lui non esita a trangugiare, per rimanere in consonanza con i portatori.

"Intanto io libero gli sci dalle cinghie che li avvolgono e poi, non senza alquanta commozione, me li calzo. I portatori non si accorgono di nulla, sia perché sono radunati per il cià, sia perché stanno parlando tra di loro. Arrivo così inosservato al vertice di un poggetto sovrastante, donde a gran voce li chiamo buttandomi poi subito giù per la china e sterzando cristiania veloci a destra e a sinistra. In un attimo piombo accanto agli uomini e al fuoco per trovarmi dinnanzi nove facce impallidite, nove sguardi pieni di incertezza. Poi tutti si riprendono e ridono, ridono molto e forte, ma quasi volessero scacciare un brivido dalla schiena. Nessuno ha mai visto una simile diavoleria e li ho spaventati per davvero. Naturalmente adesso desiderano toccare gli sci: con trepidazione scorrono le mani callose sulle suole lucidate a sciolina pieni di curiosità cercano di staccare le lamine con le unghie o tirano forte le molle che tengono a posto il piede, meravigliandosi d'ogni cosa e ridendo mentre parlano svelti fra di loro. Mi chiedono poi se posseggo gli spiriti del vento o se per caso io sia un 'Lung-pa', un uomo vento e restano assai delusi quando spiego che non c'è nulla di soprannaturale in tutto questo e che anzi al mio paese tanta gente corre così sulla neve. Si chiamano sci, insegno loro, e siccome scing in tibetano significa legno, ecco subito li definiscono 'cang ciai scing', i legni di colui che vola sulla neve come un uccello."

"Insieme alla prima pulsazione, con cui le fibre vibrano e gli organi prendono a vivere, nasce il germe della morte. Prima che le nostre membra vengano formate, viene scavata la stretta fossa in cui verranno interrate" scrive Sir Francis Palgrave, uno storico dell'Ottocento in *The Merchant and the Friar*.

La vita in cento anni si è allungata di molto, commenta Sherwin B. Nuland nel suo bel libro intitolato *Come moriamo*. Gli scienziati fissano il limite massimo della vita umana a 114 anni. Più in là non si può andare. I nostri organi si deteriorano lentamente ma inesorabilmente e non si muore di malattia, ma di vecchiaia. Tutti i mali di cui muoiono gli anziani in un giovane sarebbero guaribili.

Quando facevo le ricerche per Marianna Ucrìa, mi stupivo di quanto poco vivessero i siciliani del Settecento. Ma succedeva lo stesso anche in altre nazioni d'Europa. E d'altronde in alcuni paesi africani è ancora così. Una ragazzina diventa pubere a undici anni, viene sposata a tredici o quattordici. Fa un figlio all'anno. A trent'anni è considerata una vecchia.

Anche gli uomini morivano sui quarant'anni. Uno che raggiungeva i sessanta era considerato un fenomeno. Rousseau dice di un uomo che oggi sarebbe considerato quasi un giovanotto: "*S'approcha un vieillard de cinquante ans*" (Si avvicinò un vegliardo di cinquant'anni).

Non volevo fare morire Marianna nel romanzo. Sarebbe stata una chiusura brutale. Volevo che, nonostante l'età avanzata per l'epoca, Marianna continuasse a peregrinare, a tentare la sorte, a cercare in sé la voce che l'aveva abbandonata al tempo della violenza sessuale. La memoria, questa cugina a volte ingrata, ha il compito di tenere in vita ciò che sparisce.

"I grandi conservatori non sono i politici che vogliono mantenere i privilegi sociali, ma sono gli scrittori o i poeti o gli storici o i pittori o i musicisti che sono risoluti a salvaguardare i ricordi per capire, per conoscersi, per tramandare le immagini di un mondo che scompare con le sue meraviglie. Anche per studiare il male e come si forma. Analizzare la storia e le sue turbe, i suoi guasti, i suoi orrori e comprendere come sono potuti succedere" scrive Josepha in risposta a una lettera elettronica in cui le raccontavo di Marianna, della conservazione della memoria e di un audiolibro appena uscito in cui Piera Degli Esposti ha dato a Marianna la sua voce profonda e intelligente.

Josepha è una amica pellegrina, che vive un poco in Italia un poco a Boston. Ci siamo conosciute nella università dove insegna e dove ho tenuto un breve corso di Letteratura italiana. Abbiamo scoperto di avere avuto delle esperienze simili. Oggi inseguo i suoi pensieri in giro per il mondo. E lei insegue i miei.

"La morte in sé non mi spaventa" scrivo a Josepha. "Sono i passaggi che comportano fatica e umiliazione. Piombare nelle mani altrui, non potere decidere di sé, consegnarsi ai badanti con il corpo mutilato, segnato dall'età e dalle ferite, incapaci di dominarlo, arresi e straziati dalla nostra intima nudità. È questo che mi preoccupa."

"Uccidersi prima di diventare un oggetto inerte abbandonato alla volontà altrui? Io lo farei. Ma è anche vero che a quel punto non se ne ha più la forza. Si ritorna bambini, solo vogliosi di un grembo che ci riprenda dentro di sé, che ci imbocchi, ci nutra, ci curi e ci abbracci in una stretta cieca. Come sono teneri e strazianti gli anziani che stanno lì in bilico sapendo di dovere andare ma mai pronti a farlo, non trovi? chiedono solo attenzione e affetto, ma pochi sono disposti a ricompensarli di tutto quello che hanno dato nella vita, soprattutto le donne che spesso non hanno ricevuto ricompense per le loro fatiche."

"La lotta apparente che si ha nell'agonia potrebbe essere paragonata a una violenta protesta sorta nella parte più profonda e primitiva dell'inconscio, in collera per il distacco eccessivamente frettoloso dello spirito dal corpo. Nonostante sia stato preparato dai numerosi mesi di malattia, il corpo sembra spesso riluttante a dare il proprio consenso" scrive Sherwin B. Nuland che insegna Chirurgia e Storia della medicina all'università di Yale.

La parola agonia deriva dal greco *agón*, che vuol dire lotta. A me sembra però più appropriata la parola "travaglio". Mi sono trovata a pensarlo quando sentivo al piano di sotto la signora Garinei che gridava e si lamentava a voce alta. Sapevo che era malata ma non che stesse morendo. "È in travaglio" mi sono detta. Ma travaglio è anche la parola che si usa per la nascita. Piccola intelligente coincidenza verbale che rivela la profonda vicinanza fra la fatica di nascere e quella di morire.

Eppure dall'intervista delle persone che sono sopravvissute alla morte apparente sembra che il passaggio sia sperimentato da chi lo subisce come una esperienza di pace. "Sono entrato nel buio. Ma in fondo al buio c'era una luce bellissima, chiara, serena." "Provavo un sentimento di benessere, di distacco dal mio corpo" testimonia un altro.

La chiamano "sindrome di Lazzaro". Alcuni malati che vengono dati come clinicamente morti, riprendono improvvisamente a vivere e non si capisce perché.

Mio nonno Antonio aveva una tale paura della sindrome di Lazzaro che ha lasciato nel testamento una richiesta perentoria: "Appena sono morto, fatemi una iniezione di veleno nella vena che porta al cuore, non voglio svegliarmi nella tomba redivivo e morire una seconda volta di rabbia".

Molti soffrono di questa paura, e in effetti ci sono tante leggende su defunti che, una volta chiusi nella bara, si sono svegliati e hanno urlato di orrore e di paura prima di finire soffocati. Si racconta con raccapriccio di deceduti che sono stati trovati con le mani morsicate dai propri denti per la disperazione e l'orrore.

Ricordo ancora il medico che fece l'iniezione nell'inguine di mio nonno. Un uomo piccolo dalle braccia pelose, la testa rapata, munito di una enorme siringa contenente non so che veleno, immagino stricnina, ma non ne sono sicura. Ho pensato che probabilmente, nonostante l'antipatia per suo padre, Fosco si era fatto contagiare da quella paura. Ma lui è stato più drastico e ha scelto di essere bruciato.

La morte è "brutta e sporca" per il mondo in cui viviamo?

"La consideriamo orribile, per questo cerchiamo in tutti i modi di nascondere i morti alla vista del prossimo" risponde Nuland.

Philippe Ariès, nel suo *Storia della morte in Occidente*, la definisce "morte invisibile". Per questo i malati terminali sono chiusi in stanze isolate, soli con le macchine, separati da coloro che li amano. La tecnologia lo pretende, giustificandolo con ragioni di igiene. Ma la verità è che si vuole nascondere ciò che ci disturba.

"La morte negli ospedali cominciò a essere nascosta con molta discrezione negli anni Trenta e Quaranta del Novecento. I nostri sensi non sono più in grado di sopportare immagini e odori che all'inizio del XIX secolo facevano parte della vita quotidiana, come del resto la sofferenza e la malattia. Gli effetti fisiologici sono stati trasferiti dall'esistenza di ogni giorno al mondo asettico dell'igiene, della medicina e della moralità, la cui manifestazione perfetta è l'ospedale con la sua disciplina capillare. Anche se di rado lo si ammette, l'ospedale ha fornito alle famiglie il luogo dove occultare gli infermi che, per la loro indecenza, non possono essere tollerati dal mondo né da loro stessi. L'ospedale è diventato il luogo della morte solitaria." Parole di Philippe Ariès.

"Negli stati Uniti l'ottanta per cento dei decessi avviene in ambiente ospedaliero" rivela Nuland. "Dal '49 la percentuale è aumentata del cinquanta per cento. Questo aumento non è dovuto solo al fatto che numerosi malati terminali necessitano di una sofisticata assistenza sanitaria, che può essere erogata solo all'interno degli ospedali... Siamo stati talmente assorbiti dalle meraviglie della scienza moderna che abbiamo posto l'accento sul fattore sbagliato: è il morente la figura fondamentale, il protagonista intorno al quale ruota l'interno dramma."

"Nel passato l'ora della morte veniva considerata un momento di santità, di bellezza ineffabile e di comunione estrema con coloro che rimanevano. *Una grande festa*... Al morente che nutriva tale aspettativa di rado essa veniva negata, era la sua consolazione, la consolazione di coloro che gli volevano bene per il fatto di doversi separare. Per molti tale certezza era la fonte della speranza non solo di una buona morte, ma anche dell'esistenza di Dio e di una vita ultraterrena."

Tutto il sistema dell'immaginazione creativa: cinema, teatro, letteratura, fumetti, gira intorno alla paura della morte e quindi dei morti. Sarà per questo che inchiodiamo con tanta determinazione le casse da morto? Mi sono sempre chiesta il perché di tanti chiodi e tante viti con cui vengono fermati i coperchi delle bare. Temiamo forse l'uscita furtiva di una mano, che piano piano diventa un braccio e poi un corpo intero assetato di sangue che vagherà nelle notti di luna piena cercando un collo da succhiare?

Vampiri e spettri, questo sono i morti per noi occidentali. Ne abbiamo paura e li sotterriamo più profondamente possibile, ora anche chiudendoli dentro quegli orribili cassettoni di cemento, piombandoli con lastre di pietra o gettate di calce fresca. Che siano separati e ben rinchiusi! Che non pensino per nessuna ragione di uscire da qualche pertugio, qualche fessura, per inquinare la robusta e potente vita dei vivi!

Gli orientali hanno un rapporto molto più affettuoso e gentile coi morti. Forse per il loro credere nella reincarnazione, per la loro convinzione che un morto comincia, appena esala l'ultimo respiro, il suo processo di trasformazione. La metamorfosi lo attende e non ha nessuna voglia di andare a inquietare i terrestri, non vuole vivere per forza succhiando il sangue dei vivi, non ha paura dell'aglio e del crocifisso.

I giapponesi preparano ogni sera una cena per i morti di casa aspettandosi che vengano a mangiare le pallottole di riso bianco appena fatto, i piattini con gli zukemono che ogni madre di famiglia ha imparato a confezionare per i vivi e per i morti, oltre l'uovo fresco e il saké profumato.

«La nostra legge è il Karma. Una legge che pesa col bilancino le cose giuste e quelle ingiuste: se ti sei comportato bene ti reincarni in un principe, in un re, o in un grande saggio. Se hai agito male ti trasformi in una rana, o uno scarafaggio o un serpente.» Questa è la voce roca di Oka-chan, la piccola mamma dai capelli a caschetto neri come l'ala del corvo, «secondo l'animale che in quel momento nasce ed è disposto ad accoglierti, hai capito Daciuzza?».

Daciuzza mi chiamava mio padre. Mia madre preferiva Dacina. A Roma mi hanno sempre chiamato Da'. Ninetto Davoli, l'amico affettuoso di sempre, comincia i suoi allegrissimi racconti con un "Ah Da'"!

«Dopo molte incarnazioni si può raggiungere il Nirvana» spiegava Oka-chan, la mia piccola madre giapponese, «lì non c'è più dolore, capisci, non c'è più il tempo che passa, non c'è più la paura di soffrire, non ci sono guerre, non ci sono cattiverie, non c'è neanche la morte, te ne stai seduto e davanti hai un paesaggio bellissimo tutto fatto di fiori e di alberi carichi di frutti. Se hai fame, allunghi una mano e prendi una mela, un mazzo di ciliegie. Non ti devi neanche alzare.»

«Ma questo è il Paradiso come ce lo descrive la Bibbia» ribattevo io ripensando a un quadro di Dürer in cui si vedono Adamo ed Eva nudi, giovani e belli, con una foglia di fico posata lievemente e pudicamente sui genitali, le membra bianche, morbide. Ma fra i rami di un albero magnifico (un baobab? un mango? o forse una quercia? il Paradiso conosce un clima tropicale o temperato mediterraneo?) se ne sta nascosto un aspide dalla cui bocca maligna sbuca una linguetta aguzza e pettegola...

«Eva cedette alla tentazione e mangiò la mela proibita, la mela della conoscenza, per questo furono cacciati dal Paradiso.» Questa è la voce del prete di Bagheria, quello che una volta, trovandoci soli in sacrestia, mi strinse a sé con voracità e mi diede un bacio sulla bocca. Io rimasi talmente stupefatta che non osai reagire. Per fortuna si limitò al bacio. L'uomo che doveva insegnarmi come vivere e come pregare, l'uomo pio che tutti consideravano quasi un santo, mi trattava come se fossi una sua piccola fidanzata! Era quella la tentazione del serpente diabolico? Diedi tutta la colpa a me bambina. Il serpente si rivolge alla donna perché si sa, le donne sono deboli, non hanno il senso della morale, sono selvagge e terribili e preferiscono, per stupida vanità, ascoltare la parola del serpente piuttosto che quella di Dio. Erano i discorsi che si sentivano in chiesa.

Probabilmente anch'io, come Eva, avevo peccato di ingenuità, avevo sedotto quel santo uomo senza neanche saperlo, per incoscienza e debolezza femminile, nonostante i miei ingenuissimi tredici anni. Doveva per forza essere colpa mia. L'uomo pio, così devoto e così convincente nelle prediche in chiesa sulla morale non poteva avere nessuna responsabilità. Che fosse una colpa però non avevo dubbi. Lui stesso me l'aveva fatto capire nascondendosi e prendendo tutte le precauzioni per non essere visto e poi intimandomi di non parlarne con nessuno. E in effetti per trent'anni non ne ho mai parlato.

«Platone sostiene che la reincarnazione è un principio di conoscenza.» Questa è un'altra voce ancora, quella del mio giovane e bellissimo padre che sedeva con me sotto l'albero di ciliegio del campo di concentramento e cercava di rendermi familiare la storia della filosofia. «Platone pensava che la nostra conoscenza derivasse da una memoria antica, chiamata anamnesi. Un ricordo che prende le mosse da una formula matematica. La conoscenza di un luogo lontano e perduto che si chiama Iperuranio, capisci Daciuzza, un luogo sconosciuto alla nostra ragione, ma conosciuto dalla nostra memoria primaria, quella antecedente alla nostra nascita.»

Io lo guardavo con tutta l'ammirazione che un piccolo cuore di bambina può provare per un padre dalla testa luminosa e pensante, piena di memorie e di conoscenze straordinarie come tante stelle in un cielo notturno.

«Ma cos'è l'Iperuranio papà?»

«Iperuranio è il posto dove siamo stati in un'altra vita, secondo Platone. Io non ci credo alla reincarnazione, anche se sarebbe bello crederci... tu per esempio come vorresti rinascere?»

Io ci pensavo e poi rispondevo che avrei voluto rinascere uccello, forse un falco, forse un gabbiano, forse semplicemente un pettirosso.

«E perché?» chiedeva lui sorridendo.

Forse per uscire da quel campo di morte. Non lo sapevo. Gli uccelli mi hanno sempre incantata. A volte trascorrevo intere ore con la testa rivolta verso l'alto a guardare volare i corvi. E mi stupivo del loro andare fiduciosi e leggeri sfidando le correnti, del loro posarsi in bilico sui rami alti oscillanti o sui cornicioni delle case. Non per caso un sogno ricorrente che ancora mi accompagna nelle notti in cui riesco a dormire è quello di volare. Prendo ad agitare le braccia, mi do lo slancio puntando i piedi e spicco un salto. Scatto verso l'alto con uno sforzo terribile di tutto il corpo che fatica a staccarsi dal terreno, ma poi appena sono riuscita a scollare i piedi dal suolo, navigo sulle onde soffici dell'aria con un piacere che non ha uguale. Mi abbasso, sfiorando le cime degli alberi, mi sollevo verso le nuvole soffici, mi ci rotolo dentro, ne esco ebbra di gioia, plano sui tetti delle case ridendo degli uccelli che mi guardano stupita, faccio qualche capriola, mi abbandono alle spinte del vento, salgo salgo, e poi piano piano scendo verso terra. Alla fine però mi assaliva una paura: come terminare il volo e toccare il suolo senza cadere pesantemente dal letto?

"Una Little Nemo" commenta ironica Josepha.

"Sì, proprio una Little Nemo. Ma io questi sogni li facevo prima ancora di conoscere le avventure di Nemo, quando avevo sette anni e stavo in campo di concentramento."

«Platone spiega la dottrina della conoscenza col mito del carro e dell'auriga che racconta nel *Fedro*» continuava mio padre, «immagina che l'anima sia un auriga che cerca di condurre il suo carro verso l'Iperuranio per fare parte della divina conoscenza. C'è però il cavallo nero che tira il carro il quale ha ben altre intenzioni, altri pensieri e pretende solo di mangiare e godersi la vita. L'auriga mira verso l'alto mentre il cavallo nero tira verso il basso, verso le allegrie del giorno. Nella lotta possono anche raggiungere l'Iperuranio, ma ci rimangono poco perché il cavallo con tutta la sua forza riprenderà a dirigere il carro verso terra. E quasi sempre ci riesce, con la sua forza animale. Una volta approdati, l'auriga deve prendere un corpo terreno e così si reincarna, in un orso, una rana, una volpe, una scimmia, secondo l'animale che più assomiglia e rappresenta le tentazioni del cavallo volante. Se invece l'auriga riesce a essere più forte del cavallo, raggiunge la conoscenza e la sapienza dell'Iperuranio e si reincarna in un saggio, un saggio ricco, perché la virtù non è mai veramente povera. Insomma, il sapere per Platone non è solo quello che apprendiamo in vita, ma qualcosa che abbiamo dimenticato nel momento della nascita e resiste dentro di noi. E quando veramente impariamo a conoscere, è come se imparassimo a ricordare.»

La voce rotonda e savia di un padre amoroso. Come dimenticarla? Un padre che se ne sta seduto sotto il ciliegio, ancora oggi, col suo corpo di adulto giovane, accanto al mio magrissimo corpo di bambina affamata. E con i suoi racconti sull'universo mi fa dimenticare la fame e la paura.

Quando è morta Yuki, Fosco era a Firenze. Ancora si muoveva bene. Ricordo una sua conferenza all'Istituto giapponese di Villa Borghese a Roma. Era arrivato la mattina con la sua seconda moglie giapponese, e nel pomeriggio eccolo allegro e pimpante salire di corsa, a due a due, i gradini del palco. Asciutto, magro, atletico. Ricordo di avere pensato: guarda con che agilità si muove il mio giovane padre settantaseienne! E non ha neanche un capello bianco. Solo gli occhi un poco deboli. Come i miei d'altronde. Si era operato di cataratta da poco e portava gli occhiali scuri.

Yuki è morta il 20 agosto del 1995. È stata Toni, la sorella più piccola, a chiamarlo. E Fosco ha preso il primo treno da Firenze. Ci siamo incontrati nella piccola casa di Rocca Sinibalda dalle grosse travi di legno che reggono il soffitto, cercando di mandare giù una tisana e dei biscotti. Eravamo infreddoliti dalle ore passate in ospedale ad aspettare.

Toni, oltre a scrivere molto bene, con grazia e sapienza, è la regina delle tisane, conosce tutte le proprietà delle erbe: il finocchio, l'achillea, l'anice e la camomilla romana per calmare lo stomaco contratto; il biancospino, il tiglio, la melissa per quietare un sistema nervoso alterato; l'altea, il farfaro, il verbasco per placare una gola serrata e infiammata.

Ma è la cura con cui le prepara a rendere miracolose le sue tisane. Il modo rituale, alla giapponese, di scaldare l'acqua, la teiera, di porgere le tazze, di versarvi il liquido fumante dopo avervi fatto scivolare dentro le sue amate erbe e averle fatte riposare qualche minuto per renderle più efficaci.

Da piccola avevo notato la somiglianza delle mani di mia sorella Toni con quelle del nonno Antonio. Mani capaci, esperte, duttili. Solo che le dita del nonno Antonio avevano qualcosa di crudele e vendicativo come quando si fermavano a tagliuzzare le foglie malate delle dalie, mentre le dita di Toni suggeriscono una calma dolcezza e una serena volontà di aiutare chi sta male.

Seduti su una scomoda panca in chiesa. Mio padre e mia madre che non si vedevano da anni, erano lì accanto, un poco imbarazzati ma forse non scontenti. Era una cosa strana: il dongiovanni dai mille trucchi amorosi da una parte. La donna orgogliosa e intraprendente che non si è mai più risposata dall'altra. L'uomo sempre innamorato e sempre sfuggente, sempre pronto a incantare e sedurre e la donna dalle mani forti e i pensieri tenaci. Vederli insieme ancora una volta era sorprendente. Lui si era risposato con una giapponese devota e severa che lo aspettava a Firenze. Mentre altre spasimanti lo attendevano in giro per il mondo.

«Amare tante donne non è come non amarne nessuna?» dice il mio amico Juan Carlos, che viene a trovarmi dalla Spagna ogni estate. È alto alto e innamorato dei libri e dell'Italia, e insegna all'università di Valencia. In effetti Don Giovanni fa i conti. Non pensa ai nomi, alle facce, ai corpi, ma ai numeri: "Madamina, il catalogo è questo / In Italia seicento e quaranta / In Almagna duecento e trentuna / Cento in Francia, in Turchia novantuna / Ma... ma in Ispagna son già mille e tre".

«Come il cacciatore che non si sofferma a osservare gli occhi della lepre morente ma calcola con gioiosa soddisfazione la selvaggina ammucchiata nel carniere. Ciononostante le donne, soprattutto le più giovani, lo perdonavano e lo amavano per quello che era, appassionato e sfuggente. Lo inseguivano per tutto il mondo indirizzandogli lettere, biglietti, note, poesie, raccomandazioni, richieste, dichiarazioni amorose.»

I miei due pazzi genitori da giovani avevano fatto un patto di libertà. Si amavano appassionatamente ma avevano deciso che la fedeltà era una cosa innaturale e noiosa. Perciò: autonomia e ciascuno per sé. La sola condizione era: assoluta sincerità. Per cui se uno dei due era attratto da qualcun altro, e magari ci amoreggiava, doveva raccontarlo nei minimi particolari all'altro.

Sono patti che ho ritrovato pari pari negli anni di entusiasmo e di libertà del Sessantotto. Io non ci ho mai creduto. Ho confidato nelle nuove idee antiautoritarie, ho auspicato la fine di tutte le gerarchie e di tutti i privilegi, ho aderito al grande slancio di libertà e di uguaglianza che entusiasmava i giovani, ma all'amore senza regole, "libero come l'aria" e affidato a tutti i venti, no. C'è sempre uno che ama di più, che soffre più dell'altro. E il risultato è un atto di crudeltà contro il più debole e il più esposto.

"L'amore non è una pianta selvatica che, lasciata sola, cresca selvaggiamente per conto suo" scrive Erich

Fromm. Al contrario, si tratta di una piantina delicata e fragile che se non viene curata, muore. *Avere o essere?*, *L'arte di amare*. Due libri che per me sono stati formativi.

Non so se sia stato Mario o sia stata mia madre, a decidere di seppellire mia sorella nel piccolo cimitero di Rocca Sinibalda. A Roma i cimiteri sono ormai pieni e non si trova posto. Sono stata d'accordo anch'io.

Ma pensavo che il cimitero di un piccolo paese della campagna reatina fosse un giardino raccolto, con i suoi cipressi, le sue rose, le sue siepi ben potate. Invece, come ovunque ormai nel nostro paese, il cimitero di Rocca è una raccolta di cassettoni di cemento. Si apre un cassetto, si infila il morto. Si chiude il cassetto. Si mura la parete in modo che neanche un filo d'aria filtri nella bara di legno foderata di zinco, nell'illusione che il corpo, così chiuso e protetto, si mantenga integro, magari si imbalsami da solo aspettando nei secoli le trombe della Resurrezione annunciata.

Qualcuno appende a un gancetto sospeso per aria un vasetto di coccio e ci mette dentro un fiore. Ma poiché ci vuole la scala per raggiungerlo il vasetto non potrà che essere privo d'acqua e il fiore non potrà che essere finto: brillerà nel buio con i suoi colori artificiali.

Uno squallore assurdo. Diciamolo francamente: immondo. I nostri morti, quei corpi amati, una volta rosei e in movimento, ormai freddi e bianchi come la neve, chiusi come pericolosi vampiri dentro parallelepipedi di cemento, accatastati uno sopra l'altro, proprio come gli orribili appartamenti moderni di periferia, fatti con materiale scadente, risparmiando sullo spazio, sul cemento, sul ferro, dalle pareti sottili come di cartone, dai soffitti bassi, dalle finestre metalliche tutte uguali.

Quando sono stata per un mese ad Harvard negli Stati Uniti come *visiting professor*, invitata dall'amabile e coltissimo professor Fido che fa collezione di libri antichi, appena avevo un'ora libera usavo andare a passeggiare nel cimitero della città. Era un luogo accogliente e sereno, attraversato da un torrentello scherzoso, ricco di grandi alberi rigogliosi, curato nei suoi fiori e nei suoi cespugli. In mezzo ai quali si rizzavano le stele di pietra con un semplice nome inciso sopra. Senza cupole o chiesette in miniatura. Senza dorature, fronzoli e arzigogoli inutili.

Così dovrebbe essere un cimitero. Anche in Giappone i cimiteri sono luoghi di raccoglimento e di pace. Per non parlare di quelli dei paesi scandinavi, dove fra le tombe si possono trovare addirittura le attrezzature per i giochi dei bambini. E nessuno si scandalizza se un piccolo corre dietro una palla calpestando l'erba che circonda le semplici e umili sepolture dei loro morti. Solo una croce o una pietra segnalano che là sotto giace un morto.

Chi ha avuto la mostruosa idea di cacciare i defunti dentro delle cassettiere di cemento? Quale perversa fantasia ha potuto suggerire di onorare i nostri cari pigiandoli come dei capi di biancheria dentro quei tiretti di inerte materia grigia?

La risposta è sempre la stessa: non c'è spazio, i morti si moltiplicano e dove li mettiamo? Per questo penso sia meglio la cremazione. Ma volendo proprio seppellirli, si abbia cura di metterli sotto terra, non si tengano sospesi per aria, schiacciati uno sull'altro. Come al solito poi i più ricchi dispongono di un tempietto, di solito orrido, in cui sono racchiuse le salme di famiglia. Uno spazio che costa quanto un appartamento in pieno centro. E i poveri invece nei cassetti, e quelli proprio nullatenenti, nelle fosse comuni.

"Eppure" scrive Josepha "si tratta di un atteggiamento dello spirito. I morti e i vivi si possono incontrare in un giardino, in un campo, in un cortile assolato ingentilito da piante in vaso, ma accatastarli così uno sull'altro in una materia fredda e inospitale come il cemento, rivela una incapacità di immaginazione che fa rabbrividire."

I morti comunque signori, non vengono mai fuori dalle loro sepolture, non salgono dai loro loculi puzzolenti con gli occhi pesti e i canini taglienti per succhiarvi il sangue. Quale senso di colpa vi spinge ad avere tanta paura di quei corpi che si decompongono nei loro involucri di legno foderati di zinco?

Cosa dobbiamo scontare nei loro confronti che li temiamo quasi più dei vivi? È come se li avessimo uccisi noi e come assassini paventassimo i loro sguardi, i loro rimproveri e forse perfino le loro vendette.

Ricordo una serata in un cinema palermitano, le mani attanagliate ai braccioli, mentre sullo schermo scivolavano le immagini spaventose di una famiglia che si barrica in casa perché fuori, durante la notte, i morti sono usciti dalle tombe del vicino cimitero e, affamati come sono di sangue, hanno dato l'assalto ai vivi. La famiglia si affretta a serrare tutte le porte, tutte le finestre, inchiodandole con assi e travi. Insomma pare che ogni rapporto con l'esterno sia interrotto, quando la giovane madre entra nella camera del figlio più piccolo che è stato appena strappato dalle mani di una folla di morti assatanati e tirato dentro per i capelli.

La donna si avvicina al bambino che giace ferito, in apparenza tranquillo. Gli prende una mano e lo accarezza sulla fronte sudata, si china a baciarlo. In quel momento il bambino apre gli occhi, sorride e la madre scopre con orrore che fra le labbra pallide del bimbo stanno rapidamente crescendo due canini aguzzi e taglienti che subito si dirigono verso il collo materno.

La donna scappa terrorizzata chiudendosi dietro la porta. Racconta l'orrore agli altri familiari che subito decidono di barricare anche l'ingresso alla stanza del bambino.

Dunque il male è nella stessa casa. Che fare? Vengono spostati mobili, addossati contro l'uscio, si rinforzano le sbarre, delle assi vengono avvitate contro le uscite. Ma tutto lo sforzo e le fatiche risultano inutili quando la famiglia scopre con raccapriccio che la madre, entrando a vedere come stava il bimbo aggredito dai morti viventi, è stata a sua volta contagiata e ora anche a lei cominciano a spuntare degli orrendi canini e i suoi occhi vitrei si guardano intorno cercando un collo tenero da succhiare.

Insomma non c'è niente da fare: per quanto ti possa difendere dalla morte fuori di casa, la ritroverai dentro casa, mostruosa e crudele, pronta a contaminarti. I risorti, con la loro sete di sangue, i loro occhi gelati e avidi, stanno conquistando il mondo e agli esseri viventi non rimane che l'odio, la paura, la fuga. Uccidi i vivi che portano in sé il contagio! dice una voce imperativa. Uccidi pure i tuoi parenti, non ci deve essere pietà! Si salva solo chi, privo di misericordia, sa diffidare e trucidare, chi sa circondarsi di pareti invalicabili.

Il problema strategico e narrativo è: come farli tornare nelle loro bare? come riportarli al loro luogo di permanenza, il cimitero? i vivi si possono uccidere, ma i morti? come assassinare degli esseri già cadaveri? È qui che ogni regista inventa il suo rimedio: sarà l'amore di una madre? sarà l'intelligenza di una bambina che sfugge al massacro e sa parlare ai morti perché tornino a riposare? sarà la presenza di un crocifisso? saranno dei mazzetti di aglio e la luna che cala a stornare la furia dei risorti?

Ognuno ha la sua soluzione. Ma una cosa è certa: non esiste nell'immaginazione degli occidentali un morto buono. Sono tutti perfidi, vendicativi, violenti, subdoli e brutali. E questo succede proprio in quei paesi dove il cristianesimo ha raccontato di un Cristo generoso e sacrificale, di una Madonna pura e benefica, ha raccontato di un Dio onnipotente il quale alla fine farà risorgere i morti dalle loro tombe, in un tripudio di gigli e di trombe festanti.

Ma cosa succederebbe se il Paradiso della Resurrezione fosse invaso da questa orda di feroci vampiri invece che da pacifici cittadini con le ossa consumate dal lungo riposo?

San Paolo nella lettera ai Tessalonicesi definisce i morti "addormentati". Che sia questo sonno ad inquietare i vivi? che sia il senso di colpa per tutto il male fatto ai perdenti? ai morti uccisi in guerra, ai morti lasciati agonizzare per fame? ai morti trucidati dei campi di concentramento? ai morti per mala sanità, poco amati e poco curati? ai bambini denutriti a cui non abbiamo pensato? a tutte quelle donne uccise ogni anno dai loro fidanzati, amanti, mariti – una ogni due giorni – potrebbe essere?

Mi viene in mente quel paesino del nord della Costa d'Avorio dove, con Pier Paolo e Alberto, ho assistito a una cerimonia che mi ha molto colpito.

Gli abitanti del villaggio stavano ballando quando siamo arrivati: avevano il corpo seminudo ricoperto di cenere bianca. Abbiamo chiesto il perché e ci hanno risposto che nella notte qualcuno era morto e questa era la cerimonia di saluto.

Sotto un albero, protetto da un leggero telo rosso e giallo giaceva, infatti, quello che poi abbiamo scoperto essere un ragazzo morto di malaria. Abbiamo chiesto il permesso di restare, e ce lo hanno concesso anche se hanno voluto in cambio dei soldi.

Li abbiamo quindi osservati mentre, ancora sudati

per il ballo, i piedi nudi, la faccia impiastricciata di cenere, si sono seduti in circolo attorno al morto. Poi, due uomini si sono alzati, hanno liberato il cadavere dal suo telo, lo hanno trascinato fino all'albero e lo hanno appoggiato seduto, con la schiena contro il tronco di un albero. Era un grosso mango dalle tante foglie verdissime che impedivano al sole cocente di passare, e alle mosche di incollarsi sul collo e sulle mani nude.

Due anziani, seduti vicini al defunto, facevano delle domande. «Come sei morto?» gli chiedevano. «Chi ti ha ucciso?»

E due ragazzi, dell'età del morto – che era stato vestito con camicia e pantaloni puliti – lo tiravano leggermente da una parte e dall'altra. In base ai movimenti del capo del morto, gli anziani formulavano la risposta.

Per quegli africani non esiste una morte gratuita. Ogni decesso ha il suo significato, i suoi responsabili, anche quando si tratta visibilmente di una malattia. Solo il morto sa che cosa l'ha ucciso e perché: perciò lo interrogano. D'altronde anche la malattia, con stravagante saggezza, viene attribuita non a dei germi o a un virus, ma alla perdita di armonia. Lo stregone che visita il malato cerca di capire cosa abbia interrotto l'equilibrio che legava la persona al flusso naturale della vita. Se c'è un guasto bisogna ripararlo, ma non si tratta di un guasto meccanico, come pensano i medici nostrani che si fanno sempre più specialisti e sempre meno capaci di comprendere le ragioni della totalità del corpo umano. Il guasto si riparerà, per quegli africani, quando si scopriranno le ragioni dell'interruzione dell'armonia. Il corpo umano sta bene quando è in sintonia con l'ordine naturale delle cose e del mondo.

Quello che non mi piace della morte è l'esposizione. Lo scrivo a Josepha che mi risponde indulgente: "Ogni morte è anche esposizione. L'esposizione sancisce una evidenza. L'evidenza sociale è necessaria all'accettazione del fatto irrevocabile. Hai mai letto il libro di De Martino *Morte e pianto rituale nel mondo antico*?".

"Non solo l'ho letto, ma ho anche conosciuto l'autore, tanti anni fa."

"E com'era?" chiede incuriosita.

"Distratto, silenzioso, parlava bofonchiando, ma aveva occhi attenti e ingenui."

"Il suo racconto sulle varie forme di Taranta è stato importantissimo per tutti noi, ma anche per i tanti musicisti che ne hanno scoperto le fonti, hanno attinto ai suoi studi per approfondire, portare alla luce e mettere in campo le grandi tradizioni popolari legate al lutto rituale."

Prima di andare a letto, una volta chiuso il computer, vado a prendere nello scaffale il libro di De Martino e leggo, a proposito della morte di un essere amato: "La perdita della persona cara è l'esperienza di ciò che passa senza e contro di noi: ed in corrispondenza a questo patire noi siamo chiamati nel modo più perentorio all'aspra fatica di farci coraggiosamente procuratori di morte, in noi e con noi, dei nostri morti, sollevandoci dallo strazio per cui 'tutti piangono ad un modo' e a quel saper piangere che, mediante l'oggettivazione, asciuga il pianto e ridischiude alla vita e al valore".

Uno stile non facile, ma che sa analizzare con spirito critico le cose del mondo. Imparare a piangere, se capisco bene, è il primo dei distacchi dal corpo che viene catapultato fuori dal tempo mentre noi ne rimaniamo prigionieri.

"Chi scriverà la storia delle lacrime?" si chiede Roland Barthes nel suo libro *Frammenti di un discorso amoroso*. "In quali società in quali epoche si è pianto? Da quando gli uomini (e non le donne) hanno smesso di piangere? Perché a un certo momento la 'sensibilità' è diventata *sensiblerie*?"

I Greci piangevano molto, spiega Barthes. Ma col cristianesimo il pianto diventa solo la prova del sacrificio. Cristo in molte immagini dipinte e scolpite piange. Ma piange lacrime di sangue. Dolore fisico o dolore per l'abbandono del padre? Io stessa in un libricino che si chiama *Amata scrittura* ho cercato di capire qualcosa di più sulla storia delle lacrime, seguendo il suggerimento di Barthes. Ho trovato tante lacrime nell'*Orlando furioso*. Piange l'intrepida Bradamante, piange Ricciardetto, piange Astolfo, piange Ruggiero che "per dolor strigne il ciglio". Anche un poeta colto e raffinato come Leopardi non si vergogna di mostrare le sue lacrime quando, al primo ingresso del sole nella sua stanza chiusa, si scioglie in pianto per la scomparsa dell'amata: "Stettemi allato e riguardommi in viso / il simulacro di colei che amore / prima insegnommi e poi lasciommi in pianto".

Ma diventare "procuratori di morte, in noi e con noi, dei nostri morti" che vuol dire? La risposta complessa di De Martino sembra essere questa: "La crisi del cordoglio appartiene alla condizione umana: tuttavia la civiltà moderna l'ha di molto ridotta di intensità e di pericolosità, fornendole il soccorso di tutta l'energia morale maturata nel vario operare civile, e – per i credenti – contenendola e lenendola mercé la prospettiva delle consolanti persuasioni della religione cristiana". Ovvero il cristianesimo ha incentivato l'allontanamento dal pianto? Eppure Dante piange molto quando si separa da Virgilio alle soglie del Paradiso. Anche Goethe piange per amore di Carlotta, nonostante sia il suo alter ego il giovane Werther, a versare le lacrime d'amore. Piange il principe Myškin per Nastas'ja Filippovna, piange Aureliano Buendía. Mentre per la nostra sensibilità odierna, "solo le bambine possono piangere, i maschi no, che fai piangi come una femminuccia?".

"L'assenza totale rappresenta il limite estremo della crisi del cordoglio", è ancora De Martino che parla, "ma al di qua di tale limite stanno tuttavia determinate inautenticità esistenziali della presenza, caratterizzate dal recedere verso l'assenza, e dall'irrisolvente patire e dibattersi per questo recedere. Sulla linea di tale recessione, ma al di qua del suo termine estremo, si trova uno stato psichico che in concreto può manifestarsi con varie sfumature individuali, ma che tipologicamente resta definito da una ebetudine stuporosa senza parola e senza gesto, e senza anamnesi della situazione luttuosa: uno stato simile, designato dal comune linguaggio con la espressione 'impietrito (o folgorato o raggelato) dal dolore'."

Quindi la morte, se non è seguita da un rituale prestabilito a cui partecipa tutta la comunità presente, può diventare fonte di rancore represso ed "ebetudine stuporosa"? È questo che ha portato alle terribili storie dei morti viventi e delle loro fughe dalle tombe? L'ebetudine però, insiste De Martino, non è una calma autentica ma qualcosa di funesto e minaccioso: "una instabile smemoratezza, che da un momento all'altro può rompersi in un 'planctus irrelativo', cioè in un comportamento orientato ad arrecare offese anche mortali alla propria integrità fisica".

Banchettare e ballare per non sprofondare nell'ebetudine stuporosa. È una idea felice. Di fronte alla quale le messe, con tutte le formule dell'addio al morto, risultano prevedibili e noiose: gli elogi formali, la fretta di metterlo da parte dopo averlo tenuto esposto.

"A me non piace l'idea di essere guardata senza potere guardare" scrivo a Josepha. "Non mi piace la curiosità morbosa su un corpo inerte e senza vista, alla mercé degli sguardi straziati, affascinati, annoiati, pietosi, gentili, indifferenti, curiosi, avidi, brutali. Un peso troppo grande. Già mi dà noia, da viva, essere fotografata. Anche se lo accetto, perché non se ne può fare a meno. Ma l'essere esposta non mi è mai piaciuto. Preferisco guardare, osservare, contemplare."

"Non sarà una forma di superbia?" commenta maliziosa Josepha.

"Ricorda che sono sempre stata timida, una timidezza che ha tormentato la mia infanzia e la mia adolescenza."

"Ma cos'è la timidezza, se non una forma estrema di presunzione" ribatte lei provocatoria, "non essere degna dello sguardo altrui non è uguale a pensare che lo sguardo altrui non è degno di te?"

"Tu arzigogoli troppo, Josepha, io ti dico come stavano le cose quando ero bambina. Tu corri a interpretare ogni fatto con una spiegazione apodittica."

“Vuoi dire che sono sbrigativa e superficiale?”

“No, voglio raccontarti come ancora oggi non riesco a entrare in un cinema con le luci accese per la vergogna di stare sotto gli sguardi di una platea piena.”

“Questo non spiega la tua timidezza ma la tua paura.”

“Paura di che?”

“Di essere diversa da quello che vorresti essere.”

“Ovvero una forma di conformismo?”

“Certo. Una mancanza di libertà.”

“Da ragazza non riuscivo ad attraversare una strada senza sentirmi osservata e ferita. L’interrogazione a scuola era una tortura, non per la materia che conoscevo, ma per l’esposizione appunto agli sguardi degli altri studenti e dell’insegnante. Non riuscivo a fare il bagno in mare davanti agli altri. Mi andavo nascondendo dentro asciugamani lunghi fino a terra, cappelli dalle falde larghe, camicie che mi coprissero le spalle e il petto. Questo anche quando avevo quindici anni e non avevo niente da nascondere dal punto di vista dell’estetica. Ma il mio istinto è sempre stato quello di celarmi, di stare dietro la porta o dietro il muro, o dietro la finestra, come faceva Emily Dickinson. Che probabilmente amo molto proprio per questa affinità. Oltre ad ammirare la sua meravigliosa intelligenza verbale e la sua immaginazione che è riuscita a fare della mistica una cosa tutta laica.

“La timidezza per me è merda” commenta Josepha.

“Be’, vuol dire che sei amica di una merda.”

Ride. Si può ridere per posta? “Ti voglio bene” scrive rapida e il discorso finisce lì.

In teatro avevo orrore di apparire sulla scena. Preferivo mille volte lavorare dietro le quinte. In effetti ho fatto di tutto nella pratica teatrale: dipingevo le pareti, davo le luci, aiutavo a costruire le scene, regolavo i suoni, spazzavo il palcoscenico, suggerivo, ma sempre stando dietro la ribalta.

Negli anni Settanta si usava tenere dibattiti dopo lo spettacolo e mi toccava uscire in scena per discutere col pubblico. Le prime volte ero talmente restia che cercavo sempre di mandare qualcun altro al mio posto. Ma ero l’autrice e non potevo scappare. Per forzarmi, due attori mi prendevano per le braccia e mi portavano sul palco, costringendomi a stare seduta su una sedia, sotto i riflettori, a rispondere alle domande del pubblico.

Sudavo, soffrivo, inghiottivo saliva. Era un tormento. Ma a furia di farlo, ho imparato la disinvoltura e una certa naturalezza. Anche se tuttora la salita sul palco e le luci in faccia mi danno momenti di panico, ho imparato a dissimulare.

Per questo tante volte ho pensato che anziché morire in un letto, ed essere esposta, ovvero essere guardata senza guardare, mi piacerebbe sparire dalla circolazione. Cadere con un aereo e dissolvermi fra i rottami o in fondo al mare. L'ho pensato tante volte mentre volavo. Meglio ancora se l'aereo esplodesse, senza farti provare la paura dell'impatto. Ma sono sogni stupidi. La morte ha le sue esigenze, anche quelle dell'esposizione pubblica. Che però mi spaventa più della morte stessa.

Scrive ancora Nuland che mentre nei secoli passati si credeva nell'*ars moriendi*, oggi si crede solo nell'arte di salvare la vita. "Il che comporta vari dilemmi." Si cerca in tutti i modi, anche con crudeltà raffinate, di tenere in vita il malato. E quando proprio non ci si riesce, lo si abbandona, come un vuoto a perdere. "La morte appartiene ai morenti e a coloro che li amano. E per quanto possa essere deturpata dalla malattia, non bisogna permettere che venga ulteriormente svilita da inutili tentativi di combatterla, seppur dettati dalle migliori intenzioni. Le decisioni relative alla continuazione del trattamento vengono influenzate dall'entusiasmo e dall'atteggiamento favorevole dei medici – di solito i più abili specialisti sono i più accaniti e fermi sostenitori dei poteri della biomedicina, capaci ai loro occhi di vincere la sfida lanciata da una entità morbosa determinata ad avere le sue vittime. Per tali medici-guerrieri anche una vittoria temporanea è in grado di giustificare la devastazione del campo in cui un uomo ha coltivato la sua vita."

"Quando e se sarò colpito da una malattia grave" continua il saggio medico di se stesso, "mi rivolgerò a un esperto... Ma non lascerò che sia lo specialista a decidere quando rinunciare... Non ho intenzione di posticipare la mia morte insensatamente solo perché un sostenitore della medicina ad alta tecnologia non riesce a comprendere chi io sia."

Come non andare con la mente alle grandi discussioni che si sono sviluppate nel nostro cattolicissimo paese sulla libertà di decidere della propria vita e della propria morte? L'autodeterminazione è un diritto o un abuso? Perché la Chiesa pensa che il cittadino di un libero paese non possa decidere liberamente della propria morte, ma si debba interpellare per lui un medico, un prete, una autorità esterna che stabilisca i modi e i tempi dell'uscita di scena?

È curioso che proprio quella Chiesa che difende da sempre le ragioni della natura – non usare anticoncezionali, lasciare che il seme faccia il suo viaggio e raggiunga l'ovulo senza interventi artificiali – poi invece si metta dalla parte della tecnologia e difenda cocciutamente l'artificio di una vita che si regge solo grazie agli stratagemmi della scienza!

Una ragazza in coma da diciassette anni, che non sente, non vede, non parla, un corpo in stato vegetativo tenuto in vita da macchine sofisticate, non ha il diritto di morire in pace? E se il padre che l'adora e l'ha seguita giorno dopo giorno per diciassette lunghi anni, decide che è venuta l'ora di interrompere quella tortura artificiosa, viene attaccato come se fosse un assassino del proprio sangue, cosa dire?

"La Chiesa cattolica, come ogni Grande Potere" scrive Josepha, "vuole arrogarsi tutti i diritti sull'individuo. Pur rivendicando il libero arbitrio, poi lo nega pretendendo che l'uomo si adegui alle decisioni prese in alto: niente anticoncezionali perché la donna non deve decidere sul suo grembo, niente libertà di morire a modo proprio perché dobbiamo rammentare che prima di essere liberi cittadini, siamo sudditi di una Chiesa che sa in anticipo qual è il nostro bene, a prescindere dalla fede che pratichiamo."

"La Chiesa mette in moto le sue strategie che sono a volte spericolate" continua Josepha che ha pubblicato di recente un lungo e approfondito saggio sulle Madonne nere in Italia e nel mondo. La sua conclusione è che il culto della Madonna nera deriva da una sovrapposizione del culto mariano su una più antica pratica devozionale rivolta alla dea Gea, ovvero la dea della terra, che per definizione era nera, proprio come è nera la terra.

"Ogni potere vuole mantenere per sé il diritto di vita e di morte. Il diritto di morte consiste nel regolare gli eserciti, la pena capitale, le prigioni, le punizioni per i crimini" prosegue lei beffarda, "il diritto di vita consiste nel decidere sulle nascite, ovvero il potere assoluto sul ventre delle donne. E siccome il ventre delle donne significa anche sessualità, la Chiesa pretende di regolare la sessualità femminile con divieti e modelli restrittivi e coattivi. La Madonna, pensaci, è una creatura adorabile ma priva di parola. Non conosce il sesso perché il sesso è peccato per le donne. L'unico gesto che le si conosce è quello di stringere al seno il figlio (maschio) fatto a immagine di Dio. Silenzio, ubbidienza e abnegazione. Questo il modello perfetto per una donna cattolica."

Le cito un libro di Michela Murgia che ho presentato al festival delle due Rocche sul lago Maggiore e che sostiene il contrario. Per Michela la Madonna non era affatto una donna passiva e inerte, ma una ragazzina di carattere che decise di affrontare il ludibrio generale raccontando pubblicamente di essere incinta, ma non del marito. Allora si rischiava la pena di morte per adulterio. La parola di Maria, dice Michela che è una giovane scrittrice di talento, coraggiosa e polemica, è azione, è forza, è pensiero volitivo e anticonformista.

"Quello che pretendono i liberi pensatori, che non sono degli anticattolici, ma anzi spesso dei ferventi religiosi, è semplicemente di potere decidere secondo la propria sensibilità e il proprio cuore, cosa fare della propria vita e della propria morte, senza che te lo imponga qualcuno dall'alto." Josepha è la mia coscienza ideologica. Mi chiarisce ciò che confusamente germoglia nel mio pensiero. È la giardiniera delle mie idee.

"La parola dignità, che si usa tanto in questi giorni ha un senso oppure no secondo te?"

"La dignità forse è la più alta forma di libertà. La libertà di essere dignitosi, non a tutti è concessa. Molti vorrebbero conquistarla la dignità ma non ne sono capaci, o per paura e debolezza se ne fanno privare. Ma niente come la dignità può dare alla persona umana il senso della sua integrità e della sua appartenenza al mondo." Evviva Josepha e la sua logica didascalica!

Giuseppe, che aveva solo quarantasette anni, non pensava di morire. Era attore, regista, musicista. Guardava al futuro con fiducia e guardava me con affetto. Ci siamo conosciuti a una cena dopo teatro, a Trastevere. Non riuscivo a staccare gli occhi dai suoi che erano luminosamente azzurri e timidi e curiosi. Alla fine della cena sapevamo che ci saremmo rivisti. E non ci eravamo detti una parola.

Piano piano ho imparato a conoscerlo: veniva dalla campagna umbra. Un padre collerico morto prematuramente, una madre dolcissima nonostante il suo aspetto ferreo: Caterina, una donna abituata a lavorare sodo, che si prodiga per gli altri, i parenti, i figli, le nipotine. Avvezza ad accontentarsi di un bugigattolo pur di lasciare spazio agli altri. Per anni si è fatta il letto la sera sul divano di casa, perché non aveva una camera propria. Una donna non colta, ma con un sentimento preciso e forte dei propri doveri e delle gerarchie del mondo. Una donna piccola, dai capelli corti, il sorriso timido, le mani callose, una gran voglia di ballare.

Il padre di Giuseppe non ho potuto conoscerlo. Con la madre ho fatto presto amicizia. E anche con la sorella, Daniela dai ricci biondi. Così somigliante al fratello da parere gemelli. Il naso piccolo, le labbra sottili, gli occhi vividi, le belle mani dalle dita lunghe, una disposizione al sorriso e all'accettazione dell'altro. Daniela è sposata con Carlo, un uomo scontroso per natura, ma generoso, attento, deciso. Sono tutti e due di Trevi, un paesino arrampicato fra le colline umbre. Si conoscono da quando erano bambini. Eppure si sono sposati tardi, solo quando lei è rimasta incinta. Si sono sposati da me, in montagna, a Pescasseroli d'Abruzzo: lei in bianco, i capelli accomodati da un bravissimo acconciatore pescasserolese, lui in nero, nella piccola chiesa settecentesca del paese.

Giuseppe era contento, guardava la sorella con orgoglio e affetto. E lei ne godeva. In effetti era bellissima, nella pienezza della gravidanza, i seni gonfi, la faccia raggiante, i bei riccioli biondi arrotolati e cascanti sulle orecchie come pampini d'uva matura.

Nel grande pranzo preparato dall'antico Picchio ci sono stati i primi piatti, i secondi primi piatti e perfino i terzi primi piatti, poi i secondi secondi piatti, i terzi secondi piatti, eccetera, fino ai dolci, la frutta, il caffè, i liquori, proprio come in un matrimonio tradizionale. Anche i parenti erano contenti sebbene facesse caldissimo. Era il primo agosto del 1998.

Ora la figlia, Francesca, è diventata una signorinetta dai lunghi capelli color miele, bravissima a pattinare. Nel frattempo a Daniela e Carlo era nata una seconda bambina che è stata chiamata Aurora.

Ogni tanto Giuseppe era preso da una improvvisa ira che lo sconvolgeva. Quello che lo faceva arrabbiare era la non considerazione altrui, la distrazione o la noncuranza nei suoi riguardi. "Come, io mi faccio piccolo, umile, sono pronto ad aiutarvi in tutti i modi e voi mi trattate come un inetto?" Molti in effetti, per la sua umiltà e gentilezza, finivano per rivolgergli si con sufficienza. E lui si indignava tanto da mettersi a urlare.

Io non l'ho mai trattato con sufficienza. Non lo faccio con nessuno. Ma ho assistito alle sue accensioni rabbiose quando qualcuno non lo prendeva in considerazione. Tremava e diventava aggressivo. Ma poi la rabbia gli sbolliva presto e rimaneva malinconico a rimuginare immaginarie ritorsioni.

La prima volta che abbiamo passeggiato insieme per le vie di Roma, ho notato che zoppicava.

«Ti fa male una gamba?»

«No, sono nato così, con un difetto all'anca.»

Lo vedevo prendere spesso un rimedio omeopatico di cui si fidava ciecamente: la Bryonia a granuli. Ne teneva sempre un tubetto sul comodino. Ma non sembrava fargli effetto. Camminava male e si stancava presto.

Finalmente si è deciso ad andare dall'ortopedico che gli ha detto di operarsi al più presto, perché continuando così l'anca si sarebbe torta sempre di più e non avrebbe più potuto camminare.

Un suo parente era stato operato dai medici della scuola di Lione, e si era trovato benissimo. Il famoso professor Legret, grande chirurgo morto prematuramente in un incidente scendendo con la canoa lungo un fiume sudamericano dalle rive rocciose, e il dottor Gassen, dal sorriso generoso e l'occhio attento, arrivavano ogni mese a Firenze da Lione per operare i pazienti italiani all'ospedale Santa Chiara.

Giuseppe ha prenotato una stanza, ha riempito due sacche di sangue per non dovere ricorrere alle trasfusioni, e si è fatto operare dal grande chirurgo francese che aveva l'aria di un prete operaio più che di un medico.

Difficile immaginare Giuseppe alle prese con le trasfusioni a quel tempo perché quando vedeva un ago e anche un poco di sangue, sveniva. Ma comunque la cosa è stata fatta. E un giorno l'ho accompagnato assieme alla madre e alla sorella all'ospedale fiorentino. Il giorno dopo sono dovuta partire perché mi aspettavano a Berlino. Gli telefonavo due volte al giorno.

«Non so cosa mi hanno dato ma mentre mi operavano cantavo: ero tutto allegro e non mi sono mai sentito così bene in vita mia. Era una anestesia locale, quindi ho visto tutto, ma non sentivo niente, un miracolo. Ora ho dei dolori ma è niente rispetto a prima. Fra pochi giorni riprenderò a camminare.»

E così è stato. Prima con le due stampelle, poi con una e infine senza. Una guarigione rapida e felice.

Per la riabilitazione è stato trasportato alla clinica Frate Sole a Figline Valdarno. Lì dove sono andata anch'io qualche anno dopo, quando sono stata investita da una automobile mentre correvo in bicicletta e cadendo mi sono fratturata l'anca. Grazie a una fisioterapista chiamata Vienna, solerte e inflessibile, mi sono ripresa in fretta. Severa come un caporale in divisa, ma precisa e attenta. La guerra fra me e lei nasceva solo quando io pretendevo di leggere mentre facevo gli esercizi e lei me lo proibiva. Inutile dire che vinceva sempre lei.

Quando l'ho conosciuto, Giuseppe non sapeva sciare e non sapeva nuotare. L'ho trascinato con me sulla neve e dopo qualche lezione, era in grado di scendere per le chine innevate. Il nuoto gli piaceva di più. «Sai, stamattina ho fatto ottanta vasche» mi annunciava trionfante al telefono. Era fiero di quel corpo che, umiliato e zoppicante per tanti anni, era diventato vigoroso e agile.

Andavamo in bicicletta lungo la pista ciclabile. Ci fermavamo a prendere un gelato. Pronto a ridere di ogni cosa, Giuseppe era una persona gioiosa e decisa a vedere nel prossimo un amico. Senza difese forse, ma mai vile, mai annoiato. Gli piacevano le feste. Preparare le frittate per gli amici, i tramezzini con la maionese e il tonno, le mandorle coperte di zucchero caramellato, l'insalata russa, le bevande ghiacciate. Aveva amici molto diversi fra di loro: Francesco, un ragazzo intelligente laureato in Legge che, non trovando un lavoro all'altezza dei suoi studi, ha dovuto accontentarsi di fare il postino, ha sposato una bella ragazza, ma ha cominciato a soffrire di depressione. Per le cure è ingrassato e ha perso i capelli. Massimo fa il contabile ma ama il teatro e recita Baudelaire a memoria. Si era fidanzato con una slava, Alessandra, ma la trovava troppo severa ed esigente e si sono separati. Chantal, una attrice francese che ogni tanto arrivava da Parigi, le gonne corte, un'aria sarcastica e seduttiva. Antonello e Gianluca, affettuosi amici di lunga data, appassionati di teatro, avevano aperto un ristorante e coi soldi guadagnati hanno messo in piedi una compagnia teatrale di cui ha fatto parte anche Giuseppe. Ma i soldi sono finiti presto e loro sono tornati a fare i ristoratori. Alberto il bello, costumista elegante, che ha perso di vista dopo un cambio di casa. Candida e Donatella, due amiche di Trevi, una rossa e l'altra bruna, affettuose, intrepide, le vedeva poco ma era loro affezionato. Marisa, costumista appassionata, si è sposata con un impiegato, hanno avuto due bambini e poi lui è morto per un tumore, a trentacinque anni.

Nella clinica di riabilitazione dopo l'intervento all'anca Giuseppe aveva fatto amicizia con un giovane dentista di Modena, Pietro il gentile, che viveva un amore conflittuale con una donna più anziana di lui. La tradiva spesso e lei taceva, ma poi un giorno l'ha messo fuori di casa e lui ne ha sofferto molto. Metteva su peso senza neanche accorgersene e questo ha fatto sì che cadendo si rompesse una seconda volta l'anca appena operata. I due amici si telefonavano spesso, uno da Modena, l'altro da Roma. Qualche volta siamo andati insieme a trovarlo. Era sempre allegro, complice. Gli piaceva mangiare bene, fare qualche pettegolezzo. Da un certo giorno in poi non ha più telefonato. «Chiamalo!» dicevo io, «chiedigli perché non ti ha più cercato. Forse sta di nuovo male.» Ma lui non osava.

«Ho paura che sia morto.»

«Ma perché?»

«Non lo so, ma un amico che sparisce così vuol dire che non c'è più.»

«Io credo invece che sia vivo. Prova a chiamarlo.»

«Non mi va.» Era strana quella sua volontà di non sapere. Come se dalla sorte dell'amico dipendesse anche la sua.

Eravamo a New York. In un albergo dove andavano molti italiani, sulla 42ª. In una stanza più lunga che larga. Con due finestre che davano su altre finestre, al dodicesimo piano. Si dovevano tenere sempre le tendine abbassate se non si voleva essere visti. Anche se nessuno sembrava oziare davanti a una finestra aperta. Dall'altra parte dei vetri rigorosamente chiusi si vedevano corpi sempre in corsa. Uffici con la luce eternamente accesa, uomini in camicia e cravatta, qualche misera pianta grassa che languiva sul bordo dei tavoli, e mani che si allungavano verso i telefoni che squillavano.

Certo deve essere sembrato strano lo sguardo di un uomo che si soffermava, all'interno di un cortile dalle mille finestre aperte, sugli sgambettii di una ballerina, sugli andirivieni di una coppia anziana di sposi, sulle cene disordinate di una famigliola con molti figli, sulla solitudine di una anziana signora. Sto pensando a Hitchcock e al suo bellissimo film *La finestra sul cortile.* Per la sensibilità americana era lo sguardo di un curioso fuori dalle regole, di un maniaco. Giustificato solo dal fatto che era immobilizzato con una gamba ingessata.

Da noi si presuppone che la gente cacci lo sguardo dentro le finestre altrui e spii negli interni. Per questo ci sono le persiane, le tende, i vetri opachi. Nessuno comunque si sognerebbe, a meno di non essere un esibizionista, di spogliarsi vicino a una finestra in una stanza illuminata. Mentre in America si parte dal presupposto che nessuno voglia carpire, per pudore, per discrezione, per disinteresse, le intimità altrui. Certo è che la maggior parte delle finestre sono sguarnite di tende e la gente si muove in casa come se i dirimpettai non esistessero.

In questa camera d'albergo al dodicesimo piano una mattina Giuseppe ha scoperto di avere le gengive gonfie, che gli dolevano e non riusciva a lavarsi i denti. Andiamo da un dentista? Ma quale e dove? Non conoscevamo nessun dentista a New York. Abbiamo telefonato a un amico che ci ha dato il nome di un medico dicendo che era "bravissimo". L'abbiamo chiamato e preso un appuntamento. Nel frattempo a Giuseppe era salita la febbre a trentotto. Abbiamo attribuito la temperatura all'infiammazione gengivale. Per questo era urgente andare dal dentista.

Avevamo ancora tre giorni prima della partenza e bisognava rimediare subito. Il medico ci ha ricevuti in uno studiolo piccolo e sovraccarico. Non c'erano altri clienti. Eravamo fuori orario. Ci ha subito fatto notare che era un favore riceverci a quell'ora. Per questo ha voluto subito duecento dollari e in contanti. Abbiamo protestato. Ma Giuseppe aveva la febbre alta e non gli andava di discutere. Il dentista è stato irremovibile e ha preteso i suoi duecento dollari in contanti, prima ancora di guardarlo in bocca.

Saremmo dovuti scappare. E invece stupidamente siamo rimasti. Il dentista ha guardato il paziente e ha decretato: da operare subito! C'era da fare la resezione di tutte le gengive. Costo dell'operazione: mille e duecento dollari. Era così sicuro di sé. E diceva che se non si operava subito sarebbe andato incontro a una setticemia pericolosissima.

Che fare? La decisione era da prendersi immediatamente. Abbiamo fatto i conti. Non avevamo abbastanza dollari, ma attingendo al bancomat dell'uno e dell'altra ce l'avremmo fatta. Naturalmente il prezzo era da pagare immediatamente e in contanti. Io sono corsa al bancomat mentre il severo e avido dentista operava il povero Giuseppe.

Lo sguardo che mi ha lanciato prima di sottoporsi ai ferri non lo dimenticherò mai. Per un momento ho avuto l'istinto di prenderlo per un braccio e portarlo via. Ma non l'ho fatto, non so perché. L'autorità di un medico è sempre incombente. Aveva detto con tanta sicurezza che sarebbe stato pericoloso ritardare anche di un giorno l'operazione. Mi era sorto un dubbio sulla sua buona fede, ma se poi avesse avuto ragione? Se la setticemia l'avesse minacciato di morte? Se ritardare anche solo di un'ora l'operazione fosse stato fatale? Potevamo rischiare? Abbiamo acconsentito. Senza riflettere – si fatica a pensare che un medico sia così perverso da affrontare una operazione inutile solo per soldi – che quella richiesta di denaro liquido avrebbe dovuto metterci in allarme.

Quando sono tornata coi soldi l'operazione era quasi compiuta. Giuseppe non aveva sofferto e le gengive sembravano tornate normali. Non c'era che ringraziare per averci ospitati fuori orario, consegnargli i soldi e andare via. Così abbiamo fatto.

Rientrati in albergo, la febbre però non calava. Giuseppe si era messo a letto. Ogni otto ore gli facevo una iniezione di antibiotico. Verso sera uscivo a prendergli un brodo caldo nel negozio d'angolo che vendeva oltre ai giornali le sigarette e le mele, anche riso fritto, brodo di pollo, insalata di patate, acqua minerale e cipolle al forno. Gli portavo della frutta tagliata dentro una vaschetta di plastica, del tè alla menta. Non aveva dolore ma tanta stanchezza e la febbre non accennava a calare. Ho chiamato un altro medico, che però non poteva spostarsi. Ci ha consigliati di presentarci in ospedale. Ma Giuseppe non voleva andare in ospedale. «Passerà presto, è solo un mal di denti. Aspettiamo di tornare in Italia.»

La mattina dopo avevo un incontro con gli studenti della Columbia University. Sono andata ma ho cercato di sbrigarmi per non lasciarlo solo troppo a lungo. Tornando l'ho trovato esausto e sudato nella camera in disordine. Sono corsa a prendere due bottiglie d'acqua. Il portiere mi ha rimproverata di avere portato del cibo in camera. Quando gli ho detto che il mio compagno era malato, lui ha ribattuto che se volevo avrebbe chiamato un medico. Prezzo: cinquecento dollari. Ho detto che saremmo partiti il giorno dopo. Era la data segnata sul biglietto. L'aereo decollava nel tardo pomeriggio mentre noi avremmo dovuto lasciare la stanza la mattina. Ho chiesto al manager se ci consentiva di restare nella stanza, almeno fino alle tre, ma è stato irremovibile. Ho dovuto pagare un'altra notte per potere rimanere qualche ora in più in camera. La febbre era sempre alta. La sete tanta. I dolori per tutto il corpo non lo lasciavano. Cominciavo a sospettare che ci fosse qualcos'altro oltre al mal di denti.

Il viaggio di ritorno è stato un patimento. Giuseppe non è riuscito a dormire un solo momento. Si lamentava di un terribile mal di testa. Il cibo non riusciva a mandarlo giù. E la febbre era sempre alta. All'inizio aveva tanto freddo, ho dovuto mettergli addosso due coperte, la sua e la mia. Poi, a metà della notte, ha avuto caldo e sudava e non tollerava addosso neanche la camicia.

Infine siamo arrivati a Roma, senza avere dormito, con i nervi a fior di pelle, abbiamo preso un taxi e l'ho accompagnato a casa sua. L'ho aiutato a portare la valigia. Sua madre era venuta a salutarlo così l'ho lasciato nelle sue mani, spossato e febbricitante. Sono tornata a casa sfinita e mi sono messa a dormire.

Il giorno dopo Giuseppe stava meglio. Due giorni dopo, sfebbrato, ha ripreso la sua vita normale: la mattina il teatro per i bambini delle scuole, il pomeriggio con la sorella a preparare altri spettacoli, la sera con me. Andavamo a teatro, al cinema, a cena con gli amici. Le gengive si erano sgonfiate, la febbre era andata via. Sembrava veramente che tutto fosse tornato come prima. Per sicurezza comunque, su suggerimento del suo medico, è andato a farsi fare un esame del sangue. Il cui risultato doveva essere comunicato il lunedì seguente. Era venerdì.

Siamo andati come al solito in campagna per passare sabato e domenica all'aperto con il cane Ginni e il gatto Carbone. Abbiamo cucinato per gli amici che ci hanno raggiunto a cena: Beppe e Monica, lui lavora alla Zecca di Stato e lei è un'attrice vulcanica di Rignano, Vincenzo, un attore bravissimo che conosce la *pietas*, Renata, attrice e regista dalle mille invenzioni, Deanna e Laura, l'una pittrice dalla mano felice e l'altra traduttrice scrupolosa e bravissima, sono venute dalla loro casa di Sant'Oreste. Abbiamo cenato allegramente: pasta all'aglio e olio, frittura di pesce, insalata mista e dolce di mele fatto da me. Abbiamo chiacchierato gioiosamente, senza sapere che quella sarebbe stata l'ultima cena felice della nostra vita in comune.

La mattina dopo alle sette arriva una telefonata dal laboratorio delle analisi. Urgentissimo: il signor Giuseppe Moretti deve recarsi al gabinetto medico per comunicazioni improrogabili. Di sabato? Come mai? Be', veniamo lunedì, dice Giuseppe. Ma l'altro insiste: no, deve venire subito. E così siamo tornati a Roma riportando il cane e il gatto, rinunciando a un sabato e a una domenica di passeggiate all'aperto.

Al laboratorio gli hanno detto senza tanti preamboli che le sue analisi del sangue erano disastrose: più di 400.000 globuli bianchi, una invasione, che stava a indicare una malattia grave del sangue, leucemia mieloide acuta. Bisognava subito fare delle altre analisi all'istituto ematologico.

Era successo tutto così rapidamente che nessuno di noi ha pensato a qualcosa di irrimediabile. Gli amici dicevano che ormai dalla leucemia si guarisce. Quindi, basta curarsi.

I successivi esami hanno confermato il verdetto. Doveva ricoverarsi subito e cominciare immediatamente le terapie. L'abbiamo accompagnato, sua madre, sua sorella ed io all'ospedale. Non c'era una camera libera. Ma era d'obbligo trattenerlo, bisognava che iniziasse la chemioterapia quella sera stessa.

Ce ne siamo andate a mezzanotte lasciandolo su una lettiga in corridoio, accanto ad altri due malati appena arrivati. Uno è morto durante la notte. L'altro sarebbe poi stato un suo compagno di stanza.

Il giorno dopo gli hanno trovato un posto libero in una camera a quattro letti, al secondo piano. Avrei imparato presto a conoscere l'ospedale e i suoi orari. Andavo su e giù tutti i giorni portando a Giuseppe frutta, fiori, libri. Ho imparato a passare le scarpe su un tappetino disinfettante, a infilare un camice verde foglia lungo fino ai piedi, a fissare l'elastico della mascherina bianca dietro la nuca, a cacciarmi in testa una cuffia verde mela, a lavarmi le mani con l'Amuchina.

Ho imparato anche a conoscere i suoi vicini di stanza. L'uomo elegantissimo in vestaglia di seta, braccialetto al polso, il computer sul letto, vari telefonini. Sciorinava le fotografie di se stesso in divisa, accanto a grandi divi del cinema americano. Lavorava all'aeroporto di Ciampino dove approdano gli attori famosi con aerei privati e lui ogni volta era lì ad assisterli. Per ricompensa si faceva fotografare accanto agli ospiti illustri, rigido, impettito e col sorriso sfavillante. La moglie gentile, più dimessa, portava la coda di cavallo. Si vestiva come una ragazzina con gonne corte e corpetti leopardati. Leggeva un libro mentre l'uomo telefonava.

Dopo due cicli di chemio se n'è tornato a casa. A occupare il suo posto è arrivato un ragazzo che non si staccava mai dalla PlayStation. Cominciava la mattina alle otto e andava avanti fino a mezzanotte. Non guardava nessuno negli occhi. Testa rapata, braccia lunghe, una maglietta con un corpulento paperino blu su bianco, i pantaloni del pigiama arrotolati sulle caviglie.

Più simpatico di tutti un cuoco dagli occhi grandi, scuri e belli. Bruno, massiccio, inquieto, aveva la battuta pronta. Cucinava in un ristorante ai Castelli Romani. Malato di linfoma, non si perdeva mai d'animo. Testa pelata, braccia nude, un tatuaggio sulla spalla, affrontava con allegria coraggiosa i vari cicli di chemio. La moglie, una donna matronale, bella, gli portava la biancheria pulita ogni giorno. Hanno continuato a telefonare, anche quando lui è tornato a casa, per sapere di Giuseppe.

Per fortuna l'ospedale sta accanto alla casa di mia madre. Così, quando dovevo lasciare la stanza, me ne andavo da lei che è sempre contenta di vedermi.

La chemioterapia ha fatto il suo effetto. La febbre è passata. Le vene di Giuseppe hanno ripreso a riempirsi di globuli rossi. Nonostante la perdita dei capelli – quei capelli bruni ricci di cui era fiero, nell'età in cui quasi tutti i suoi amici diventavano calvi, lui si inorgogliva di averli fitti e inanellati e abbondanti – nonostante il gonfiore del viso, la vita ha ripreso i suoi ritmi: alzarsi presto per andare nelle scuole, mangiare un panino mentre montava e smontava le scene assieme a Barbara e Luisa, le due attrici che recitavano con lui, rientrare a casa stanco verso le tre. Riposare un'ora. Riprendere il lavoro per le scuole (organizzazione, offerta, contrattazioni: le scuole non pagavano perché erano senza soldi. Ogni bambino se voleva vedere lo spettacolo, con cinque euro comprava un biglietto).

Le maestre amavano Giuseppe per il suo buon umore, per la sua disponibilità, per gli spettacoli che facevano divertire i bambini. Spettacoli in cui il buono e il cattivo erano ben riconoscibili. Un giorno che lui recitava la parte del cattivo, una bambina è montata di furia sul palcoscenico e gli ha dato un calcio negli stinchi chiamandolo "mostro"!

Barbara, piccola, bella, gli occhi grandi e mobili, aspettava un bambino ma fino all'ultimo ha recitato, sempre entusiasta e disciplinata. Luisa la cicciottella sosteneva spesso parti di fata cattiva, ed era così convincente che i bambini ogni volta la insultavano e le lanciavano addosso palline di carta.

Poi c'è stata la partecipazione a un film di Salvatore Maira. Giuseppe è partito per Padova dove giravano da mattina a sera. «Sono così felice di stare bene» mi diceva al telefono, «fatico molto più del solito, ma ce la faccio.»

«Non ti stancare troppo.»

«La mattina sono costretto ad alzarmi presto. È bellissimo scendere dal letto col sole che sembra liquefarsi in un lago di nuvole. C'è sempre da aspettare sul set, ma io mi metto a leggere. Oppure mi alleno con la chitarra. Mi chiudo in uno stanzino e mi dimentico di tutto.»

Sembrava veramente che la malattia fosse stata vinta. Un brutto sogno da cui era uscito vittorioso. Non era successo a tanti suoi vicini di stanza? Dopo due o tre cicli di chemioterapia, perdevano i capelli, imparavano ad andare in giro col berretto calato sulla fronte, ma poi piano piano riprendevano i colori, i capelli ricrescevano e loro tornavano alla vita normale.

Altri morivano ma quasi di nascosto. Appena si aggravavano venivano mandati a casa per non scoraggiare i vicini di stanza. Quando non riuscivano a mandarli a casa, circondavano il loro letto con due paraventi e passava un prete a dare l'estrema unzione. La stanza si svuotava. Gli infermieri accorrevano. Si faceva silenzio intorno. Se tocca a lui non toccherà a me, pensavano i malati passeggiando nervosi per il corridoio. Quasi che la morte fosse un drago vorace dalla fame esasperata e insaziabile. Bastava dargli in pasto un corpo perché se ne stesse fermo e zitto per qualche giorno a digerire.

All'ora dei pasti arrivavano i carrelli tintinnanti. La pasta al sugo o il riso ai quattro formaggi venivano offerti sigillati dentro le vaschette di plastica dalla superficie perlata. Si apriva la vaschetta con uno strappo. Dentro, la pasta era ancora calda ma regolarmente scotta. Spesso la madre di Giuseppe, la piccola e ardimentosa Caterina, gli portava dei cibi preparati con le sue mani a casa: melanzane arrosto, fagiolini freschi all'agro, una bistecca succosa. Non erano malati soggetti a una dieta precisa. Anche se a me sembrava strano che a uno con la febbre alta e costretto a letto si potessero offrire delle fettine panate fritte o della pasta condita con un sugo grasso e dall'odore di cipolla rosolata. La carne dentro le vaschette di polistirolo era sempre striminzita e come rattrappita, non sapeva di niente.

Ho ancora un pezzetto del bel film di Maira in cui Giuseppe, sorridendo, esce di scena e saluta con la mano. E sembra proprio che esca dalla vita con una smorfia dolce e timida che gli stira le labbra stanche. La testa completamente calva, gli occhi segnati, opponeva alla malattia una resistenza tenace e festosa.

La febbre infatti aveva ricominciato a comparire. I medici proponevano altre chemioterapie. Per questo, appena terminato il film, è rientrato in ospedale. Ma non ci è rimasto molto. Il suo corpo rispondeva bene alle drastiche cure della chemio. Sembrava anche reattivo alle medicine – ne prendeva decine al giorno e gli davano la nausea e un torpore debilitante – ma lui era contento che la malattia fosse in remissione, come gli dicevano i medici.

La dottoressa che si occupava del suo reparto, Maria Paola Iorio, entrava sorridente nella stanza, sempre disponibile, sempre gentile. Gli dava speranze. Nonostante la morte di altri due compagni di stanza. «La leucemia si può guarire. Ormai il sessanta per cento dei pazienti sopravvive, una volta morivano tutti, era una malattia senza perdono. Devi solo opporti con forza alle sue forze distruttive, devi volere vivere e ce la farai.»

E lui ci metteva tutta la sua buona volontà. Appena si sentiva meglio riprendeva il lavoro con le scuole. Barbara intanto aveva avuto un figlio che il padre aveva voluto chiamare Gianmaria e lo portava con sé dentro un cesto. Il bambino era buonissimo e non piangeva mai.

A Giuseppe arrivò anche la proposta per un altro film. Ma lui non sapeva se accettare. Ora si sentiva molto meno sicuro e aveva paura delle ricadute. Eppure non mollava la scuola, anche perché era la sua unica fonte di guadagno. Nonostante la stanchezza crescente e il fiato corto. Ormai non mi proponeva più di andare in bicicletta e nemmeno di andare al cinema la sera. Restavamo in casa a guardare la televisione, sdraiati sul divano.

Sua madre era venuta a stare con lui per dargli una mano. Io andavo da loro ogni sera. Guardavo con pena quella testa pelata, quelle mani gonfie, quelle occhiaie scure. Eppure sembrava che niente scuotesse il suo ottimismo. Anche se sospettavo che fosse una strategia per affrontare la malattia, per resistere alla tentazione della disperazione.

Prima di cena lo accompagnavo a fare una passeggiata. Ma dopo dieci minuti dovevamo tornare indietro perché era stanco. La mia cagnolina, Bionda, ci precedeva trotterellando. Per fortuna sotto casa sua si poteva camminare seguendo l'ansa dell'Aniene, accompagnati dall'odore delle canne, delle acacie fiorite, ma a tratti anche delle immondizie che marcivano sul greto del fiume.

Ogni cento metri ci dovevamo sedere su una panchina, perché gli mancava il fiato. «Sono diventato come un vecchio pensionato» diceva sorridendo, «dai, andiamo avanti!» e si alzava faticosamente dalla panchina per dimostrarmi che ce l'avrebbe fatta, aveva ancora tanta energia in corpo. Ma era solo volontà, una volontà tenace di resistere alla devastante malattia.

Ora la speranza stava tutta nel trapianto. Bisognava trovare qualcuno, che fosse compatibile, disposto a donare un pezzo del suo midollo osseo. Io non ero compatibile, sua madre nemmeno. «Proviamo con tua sorella, Daniela» proponeva la dottoressa. Ma anche lei è risultata incompatibile. Bisognava scovare un donatore al più presto. Il nome di Giuseppe è entrato nelle liste internazionali dei bisognosi di trapianto midollare.

Passavano i mesi senza che qualcuno si facesse vivo. Il dono del midollo è molto più semplice e indolore di quello di un rene. È quasi come un prelievo di sangue. Dopo, basta nutrirsi bene, si riprende velocemente quello che si è regalato. Eppure sono ancora pochi i donatori rispetto ai tanti bisognosi.

Sono passati mesi di paura e attesa. Poi una mattina arriva la buona notizia: c'è una offerta di trapianto. Arriva dall'America. Una ragazza volonterosa si è proposta di donare il suo midollo a un paziente che neanche conosce. Un italiano al di là dell'oceano. Toccava a lui nella lista e la preziosa sostanza è arrivata dall'America in aereo, chiusa dentro un frigorifero.

La mattina dopo eravamo tutti in ospedale ad aspettare l'esito del trapianto. Ci sono volute ore ma l'innesto è stato fatto "con esito positivo", come ha detto la dottoressa trionfante.

Avevamo le lacrime agli occhi per la gioia. Caterina aveva ripreso i suoi colori. Daniela portava le due figlie piccole a visitare "lo zio sofferente". Lui amava molto le due nipotine, Francesca e Aurora. Una esile, alta, elegante, l'altra più piccola, intelligentissima, ma più delicata.

Come ringraziare la gentile ragazza americana che aveva donato un pezzo del suo midollo a un giovane italiano attore e musicista che viveva dall'altra parte dell'oceano? Purtroppo non si poteva conoscere il suo indirizzo e neanche il suo nome: il donatore deve rimanere segreto.

Per mesi ho pensato alla lettera che le avrei scritto: "Cara ragazza anonima, so solo che sei americana e sei giovane. Ma so anche che sei generosa. Non so invece in base a quale ragionamento tu abbia agito con tanta generosità; la voglia di aiutare il prossimo sacrificando qualcosa di tanto prezioso come la linfa più segreta che scorre all'interno delle ossa? Il dovere di una brava cittadina che sa di dovere aiutare il prossimo? Una esigenza religiosa? Un impegno civile? Una sfida con se stessi? Una voglia di guadagnarsi la stima altrui? O di arrivare più presto in Paradiso? O semplicemente l'istinto di una persona che capisce la sofferenza altrui e cerca di alleviarla in qualche modo? Certo è curioso che tu, dall'altra parte del mondo, abbia rimesso in vita un uomo di quarantasette anni di un paese che magari neanche conosci. È questa la generosità della globalizzazione? Vorrei tanto conoscerti per ringraziarti di persona. Se grazie a te Giuseppe guarirà, cercherò in tutti i modi di carpire il tuo indirizzo per venire con lui a parlarti". Scrivevo e riscrivevo aggiungendo ogni volta qualcosa di diverso nelle ore in cui mi rigiravo nel letto senza riuscire a dormire.

Una volta ho scritto un racconto su un uomo che, ricevuto il cuore da un ragazzo morto in un incidente, vede la sua vita trasformarsi: un'ossessione lo perseguita. Vuole scoprire ad ogni costo chi sia stato quel ragazzo a cui deve la vita e vuole anche sapere com'è morto: tutti i particolari dell'incidente e a chi vada la responsabilità. Sentendosi in colpa per avere desiderato senza neanche saperlo, non la morte di quel ragazzo, ma di una qualsiasi persona che potesse lasciare un cuore di cui impossessarsi. "Se la tua vita dipende dalla morte di un altro non ti senti preso in una trappola oscena, qualcosa di perverso a cui non riesci a sottrarti nonostante la tua innocenza?"

"Gli Aztechi e i Maya lo facevano senza tante storie" scriveva Josepha dalle lontane Americhe, "prendevano un prigioniero, lo portavano in cima alle scale di uno di quei loro altari altissimi e terribili fatti di sassi e di teschi di morto, lo facevano sdraiare nudo su una pietra e con un taglio rapido e preciso gli squarciavano il petto e gli tiravano fuori il cuore ancora palpitante che offrivano al loro dio come una proposta di pace. Il pubblico esaltato urlava la sua gioia.

"Non è più onesto così che farlo di nascosto in qualche sordido ospedaletto abusivo, per guadagnare soldi illeciti?" Ha una fantasia drammatica la mia amica Josepha e io la prendo in giro senza offenderla. Per fortuna nel caso di Giuseppe non si trattava della morte di qualcuno ma solo di un piccolo sacrificio.

Un altro anno è passato in compagnia della malattia, con i suoi alti e bassi. Il trapianto era riuscito, sembrava veramente la soluzione definitiva. Il corpo era tornato sano, produceva tanti globuli rossi e il cuore pompava tranquillo, i capelli avevano ripreso a crescere, la febbre non si faceva più viva.

Di viaggi insieme però non si poteva parlare. Sabato e domenica andavamo in campagna a riposare. Niente più cavallo né bicicletta. Solo qualche volta un poco di piscina. La scuola lo stancava, il teatro lo consumava. Ma teneva duro, con puntigliosa volontà. Continuava ad alzarsi presto per andare a portare gli spettacoli nelle scuole, con Barbara e Luisa e la macchina carica. Stipava tutto in quella povera automobile: la scena, costituita da grandi tele dipinte da lui che ogni volta venivano srotolate e riarrotolate appena finito lo spettacolo per essere poi assicurate al tetto dell'auto, nonché i costumi, il registratore con le musiche, i due altoparlanti e i quattro riflettori.

La sera mangiavamo a casa, non aveva più voglia di andare dagli amici o al ristorante. Le feste che lo rallegravano tanto un tempo, ora erano un ricordo lontano. Le medicine che prendeva lo fiaccavano e lo snervavano. Era diventato pauroso e si irritava se la frutta non era stata immersa nell'Amuchina per ore, se una scatola di biscotti era scaduta, se il latte non era stato bollito a dovere. Si sentiva sulla via della guarigione, ma ancora fragile ed esposto. Non beveva neanche un goccio di vino, si teneva lontano dal caffè, e ogni cosa lo insospettiva. Eppure, nonostante i suoi sospetti e le sue irritazioni, conservava quel candore gentile che covava in fondo ai suoi occhi azzurri. Un candore che lo rendeva così caro agli amici e a chi lo amava. Un sorriso timido, un gesto di comica resa, un movimento lieve del lungo collo cancellavano tutta la rigidità triste che la malattia gli aveva messo addosso. «Amore, dove sei? mi manchi» sussurrava al telefono raggiungendomi nei miei viaggi ormai solitari.

Ma la malattia non era affatto domata, e covava sorniona e crudele nel fondo di quel corpo che apparentemente si andava rinvigorendo.

"La parola leucemia viene dal greco *leukós*" spiegava Josepha a cui piace insegnare e informare, con la grazia di un grillo sapiente. "*Leukós* cioè bianco e *aíma* che vuol dire sangue, ovvero sangue bianco. Lo sai che il bianco in molte civiltà è segno di lutto, chissà che non ci sia una sotterranea consonanza fra il bianco dei globuli malati e il sentimento della perdita."

La pedanteria di Josepha è gioiosa e nasce da un sincero amore per l'altro, da una istintiva e allegra voglia di aiutare, soccorrere, informare, prevenire. La nostra amicizia è nata proprio dalla mia ammirazione per il suo coraggio didattico e la sua sorpresa per la mia assurda e infantile timidezza paralizzante. Lei asserisce cose che io penso ma spesso non ho la temerarietà di tirare fuori.

Nonostante il trapianto riuscito, nonostante l'apparente guarigione i globuli bianchi – quel tanto di *leukós* che insisteva nel suo sangue – non si decidevano a sgombrare. Da qui la stanchezza, l'affanno. E da qui le continue trasfusioni.

Gli amici da tutta Italia hanno offerto il loro sangue. Che non sempre era compatibile. Ma sempre generosamente regalato. Gli attori soprattutto, i tanti attori suoi compagni di viaggio nel mondo del teatro e del cinema, qualche musicista, ma perfino gli amici scrittori, i miei amici che gli volevano bene, si offrivano per aiutarlo.

"Per i Caldei il sangue divino mescolato alla terra dava origine alla vita. Il sangue fa nascere le piante e i metalli" raccontava Josepha, "le frecce scagliate verso la cupola celeste da Shou-hsin facevano piovere sangue. Il sangue del santo Graal è la bevanda dell'immortalità. Il vino bevuto all'altare rappresenta il sangue di Cristo. Il sangue dell'animale sacrificato era donato agli dei per chiedere la loro protezione e benevolenza. Il sangue mestruale invece per molti popoli è segno di impurità."

"Come mai il sangue tanto prezioso diventa impuro quando esce dal corpo di una donna?"

"Perché la donna è impura per tutte le religioni. Il suo sangue collega l'anima a qualcosa di oscuro e sconosciuto che è visto come un pericolo. Da qui l'impurità."

"Ma perché il sangue invece di produrre tanti globuli bianchi e tanti globuli rossi, comincia a produrre soprattutto globuli bianchi, i quali si mangiano quelli rossi fino a non lasciarne in vita nemmeno uno? Il rosso viene ucciso dal bianco. Il bianco vince, come in una guerra feroce fra la voglia di vivere e la voglia di morire. Perché la voglia di morire prevale in certi casi e in altri no?" chiedevo a Josepha, come se lei fosse un oracolo. Ma era un modo di dialogare con me stessa. Mi sono sempre chiesta perché certe malattie parassitarie tendono alla morte del corpo di cui si nutrono quando dovrebbero desiderarlo vivo per continuare a nutrirsene. Uccidendo la materia di cui si sfamano i parassiti non uccidono prima di tutto se stessi? non è paradossale?

"Ti ricordi la storia dello scorpione che riesce a ottenere un passaggio attraverso il fiume da un cane nuotatore? A metà fiume lo scorpione punge il cane che mentre annaspa affogando gli chiede: ma perché l'hai fatto, ti stavo portando dall'altra parte del fiume, se io muoio, morirai anche tu affogato. E lo scorpione risponde: non posso farci niente, è la mia natura. E difatti muoiono sia il cane che lo scorpione, te lo ricordi?"

"Strana parabola. Cosa vuol dire? che il destino di un carattere sta come un nocciolo inamovibile in fondo al nostro cuore ed è quello che determina le nostre azioni, nonostante gli studi, le scelte, la libera volontà?"

"Ti ricordi Fromm, la sua 'anatomia della distruttività umana'? A quanto pare soltanto l'uomo ha il gusto di distruggere la vita senza alcun motivo od obiettivo. Gli animali uccidono per mangiare, per difendersi, per levare di torno un nemico. Gli uomini uccidono per il piacere di farlo..."

"E tu Josepha credi a questo determinismo? mi stupisci."

"Fromm usa proprio la parola 'voluttà' di chi uccide e tortura. Una voluttà tutta umana e misteriosa."

Una improvvisa crisi di febbre alta ha riportato Giuseppe in ospedale. Ormai i malati lo conoscevano: alcuni erano morti, altri vivi e si confortavano a vicenda. La dottoressa Maria Paola lo rasserenava raccontandogli di coloro che erano usciti e vivevano contenti in qualche città italiana. La clinica ematologica del

Policlinico di Roma del dottor Mandelli, oggi diretta dal professor Robin Foà, ha una fama molto estesa e nel suo reparto distaccato di via Benevento arrivano malati di leucemia da tutte le parti del paese.

Giuseppe ha ripreso a fare le trasfusioni – quante volte ho cercato di sensibilizzare l'opinione pubblica sulla mancanza di sangue per i malati negli ospedali! – e a fare cicli di chemioterapia. La raccolta di sangue era sempre carente. Per quanto molti generosi si facessero vivi al reparto per il prelievo, tanti altri tiravano dritto senza pensarci. Non ci sono mai abbastanza donatori per coloro che hanno bisogno di sangue.

Per inserire il sangue nelle vene, al malato viene aperto un piccolo foro sul torace, dove passa la vena principale che distribuisce poi a tutte le altre il prezioso liquido vitale. Il foro viene chiuso con un piccolo rubinetto di plastica. Il problema è che il pertugio, stando a contatto con l'aria, spesso si infetta e allora bisogna toglierlo, disinfettare il tutto e quindi cambiare il rubinetto. Il che non è una cosa da poco, comporta una piccola operazione dolorosa.

Giuseppe aveva imparato da solo ad aprire e chiudere il rubinetto, disinfettandolo ogni volta. Ma questo non impediva che ogni tanto si ostruisse o si infettasse. E quando succedeva doveva sottoporsi al doloroso intervento che avveniva in sala operatoria, con un minimo di anestesia locale, per rimettere il rubinetto al suo posto.

La vita si complicava ogni giorno di più. La malattia sembrava volere compiere il suo destino fino in fondo nonostante le infinite medicine, la chemioterapia, le radiazioni, il trapianto riuscito, proprio come lo scorpione della favola, perché il suo carattere distruttivo era più forte di ogni possibile cura.

Le medicine aumentavano. La dieta si faceva più ferrea. La debolezza impediva a Giuseppe di affrontare qualsiasi lavoro. Ogni tanto andava ancora a fare teatro nelle scuole ma tornava sempre più stanco e desolato. Ormai era lui stesso a chiedere di rientrare in ospedale, perché lì si sentiva più protetto.

L'avevano trasferito al piano di sopra, in una minuscola camera singola, dove entravamo sempre più coperti da camici antisettici, guanti, pantofole al posto delle scarpe, cuffie e mascherine che coprivano quasi tutta la faccia lasciando liberi solo gli occhi.

Quando andavo a trovarlo, sia la mattina che il pomeriggio, lasciavo la macchina lungo la strada e prima di entrare, alzavo gli occhi verso la sua finestrella che dava appunto su via Benevento ed era sempre illuminata dalla luce al neon.

Qualche volta scorgevo la sua testa nuda, nitida dietro al vetro. Sapevo che mi aspettava. Ma sapevo anche che voleva vedere la nostra cagnolina prima che la chiudessi dentro la macchina. E io, per compiacerlo, la facevo scendere, la prendevo in braccio sollevandola verso la finestra. Lui alzava una mano affettuosamente. Io tiravo su la zampetta di Bionda perché lo salutasse anche lei.

La cagnolina guardava in alto, proprio come se vedesse la finestra e sapesse che dietro c'era il suo amato Giuseppe, e gli volesse dire di guarire presto per riprendere ad andare per scuole la mattina, e a spasso in campagna il sabato e la domenica.

Ogni volta che passo da via Benevento per andare da mia madre, alzo la testa a guardare la finestrella da dove Giuseppe ci salutava, me e Bionda. Mi sembra di rivederlo dietro quei vetri chiusi, la testa calva, la faccia gonfia di cortisone, gli occhi febbrili, dolcissimi e arresi. Siamo rimaste sole, dico a Bionda che mi appoggia una zampa sulla spalla come per incoraggiarmi ad andare avanti.

Era dicembre. Fuori faceva freddo. L'ospedale era surriscaldato. Nel corridoio che conduceva alla piccola stanza di Giuseppe gli infermieri avevano addobbato un minuto albero di Natale dalle palline rosse e i festoni bianchi e argento, scintillanti.

Negli anni precedenti, per Natale, Giuseppe ed io correvamo su e giù per negozi scegliendo i regali per i nipotini suoi e miei. Francesca, Aurora, le figlie di sua sorella, Fosco e Ondina i figli della figlia di mia sorella Toni, Mujah.

Di solito facevamo una festa, il giorno della vigilia, in casa di Giuseppe con tutti i parenti e un'altra festa il giorno di Natale in casa di mia madre. Regali, alberi addobbati, frutta secca, tombola. Per gli adulti forse sono cose un poco noiose, ma per i bambini sono una fonte di allegria e di sorpresa.

Il piccolo Fosco, che ha preso dal bisnonno l'agilità nell'arrampicarsi sugli alberi e sulle rocce e che nasconde la sua timidezza sotto improvvisi tristissimi sorrisi, si scatena nei suoi giochi parlando inglese e italiano. Credo che sia quello che ha sofferto di più per la morte del padre, bravo e bellissimo attore newyorkese ucciso da un cancro al cervello a quarantasei anni. Nonostante Mujah ora abbia un nuovo affettuosissimo compagno, i suoi bellissimi occhi color castagna si accendono teneramente quando parla del marito Daniel. Ondina, la sorellina di Fosco, è una bambina volitiva e intelligentissima, animata da mille energie fosforescenti. Sua madre mi ha mostrato un giorno un mucchietto di cenere che tiene in un sacchetto di plastica dentro una preziosa scatola di pietra vietnamita. «Lui sta tutto qui» ha detto con una razionale tenerezza che mi ha colpito. «Ma non lo dimentichiamo.»

Quel Natale invece niente regali, niente alberi, niente sorprese. Io passavo la giornata all'ospedale, dandomi il cambio con Daniela e con mamma Caterina. Le bambine non erano ammesse. Giuseppe sembrava sempre meno interessato a mangiare. Aveva le gambe gonfie e la faccia ogni giorno più cerea. Ma non voleva arrendersi al peggioramento della malattia. Continuava a fare progetti. Soprattutto con la madre, probabilmente per consolarla. In cuor suo forse sapeva che non ce l'avrebbe fatta. Il corpo sembrava prosciugarsi giorno dopo giorno, il fiato farsi sempre più affannoso e la voglia di rimanere a letto disteso sempre più imponente.

Una mattina gli si è bloccato l'intestino. Aveva dolori e rigettava immediatamente ogni boccone che mandava giù. Non poteva ingoiare nemmeno una briciola di pane. Doveva essere nutrito per via endovenosa. Si è parlato di una operazione, ma i medici erano incerti: ce l'avrebbe fatta a sopportare un intervento chirurgico? Piano piano lo stomaco rifiutava perfino l'acqua che veniva vomitata assieme al sangue vivo.

La sete però non era sparita, anzi si faceva ogni momento più tormentosa. «Non dategli da bere!» insisteva la dottoressa. Ma lui cercava l'acqua. E noi che nascondevamo le bottiglie, sembravamo dei crudeli carcerieri. Ci guardava con occhi supplici. E anche furbeschi. Un pomeriggio tenevo un bicchiere di plastica pieno d'acqua fra le dita: me l'ha strappato con un gesto rapido e cattivo e se l'è portato alla bocca. Nella furia ha schiacciato il bicchiere facendo saltare l'acqua sul lenzuolo. Quella mano magra che stringeva il bicchiere mi ha lacerato il cuore. Era la sete di un uomo perso nel deserto e noi gli allontanavamo le bottiglie e i bicchieri. Non era una crudeltà inutile?

Natale. Le campane della chiesa vicina suonavano a festa. L'eco di un lontano coro di bambini si infiltrava fra i vetri ermeticamente chiusi. L'aria era mite. Gli uccelli volavano bassi e il loro cinguettio era talmente forte che ci raggiungeva attraverso le finestre che non si potevano aprire per paura dei batteri. L'ossigeno entrava da un buco nel soffitto a cui era applicato un filtro asettico.

La luce stava sempre accesa, l'odore di medicine riempiva la stanza. Il rumore dei carrelli carichi di vaschette col cibo caldo sotto plastica ogni tanto si sentiva, ma veniva dal piano inferiore. Al nostro piano si udivano solo i fischi e il gorgoglio dell'ossigeno che usciva da un tubo attaccato al muro, i lamenti dei malati e i passi felpati degli infermieri che andavano da una stanza all'altra.

Ogni tanto Giuseppe mi chiedeva di Bionda: «Posso salutarla dalla finestra?». «Te la senti di alzarti in piedi?» «Sì» rispondeva ma poi, appena in piedi vacillava e la madre, premurosa, lo riportava a letto. «Tenetemi in due, credo che ce la posso fare.»

Era molto affezionato a Bionda che, quando io ero in viaggio lui teneva con sé e portava nelle scuole facendola stare seduta sulla mensola del lunotto posteriore. Era buffo vederli andare via, l'auto carica di materiali, la bella Barbara col pancione, i ricci neri che le scendevano sulle spalle, la massiccia Luisa dal sorriso solare, e il cane, appollaiato sul ripiano che scuoteva la testa proprio come fanno certi cani di polistirolo che alcuni guidatori usano per tenersi compagnia.

Quando tornavo dai miei viaggi di lavoro, Giuseppe veniva a prendermi all'aeroporto. Uscivo dalla zona Arrivi spingendo il carrello e lo aspettavo sul bordo della strada. Da lontano vedevo la macchina verde con

Giuseppe al volante e Bionda seduta ritta accanto a lui che guardava seria davanti a sé come per indicargli la strada. Quando mi vedeva cominciava ad agitare la coda, si affacciava al finestrino e prendeva a sbuffare con allegria.

A casa, mentre io cucinavo per noi due, Giuseppe preparava la pappa per la cagnolina, sempre attento che la carne non fosse troppo grassa, che il riso fosse ben cotto, che non ci fosse sale, che l'acqua non fosse troppo fredda o troppo calda.

Dopo la sua morte, Bionda ha continuato a cercarlo e lo cerca ancora. Quando avvista una macchina verde posteggiata, si ferma, appoggia le zampe sul finestrino e cerca di vedere se dentro c'è lui.

Un Natale triste. Una cena in famiglia con l'ombra di un malato morente. L'ospedale accanto rendeva ancora più malinconica la mancanza di Giuseppe alla cena familiare della vigilia. Lo immaginavo dietro quel finestrino sigillato, la testa nuda di capelli, gli occhi dilatati, uno sguardo dolce nonostante la paura. Solitario prigioniero di una malattia spietata.

Eppure sua sorella e sua madre credevano ancora che ce l'avrebbe fatta. In ogni piccolo sorriso, in ogni levata dal letto anche per pochi secondi, vedevano un segno di guarigione. Mentre la dottoressa aveva detto chiaro che ormai non c'era molto da fare. Ma il Natale era passato senza gravi cambiamenti e anzi sembrava che il malato si riprendesse un poco. Ora parlava e stava seduto appoggiato ai cuscini. Aveva rinunciato a mangiare, ma il nutrimento per via endovenosa sembrava soddisfarlo. Le sacche di sangue erano aumentate. Il suo colorito tendeva al roseo.

Si pensava che cominciasse la ripresa. Gli infermieri incoraggiavano a pensarlo: con quella sbrigatività tipica di chi tratta con degli adulti tornati bambini: su, apri la bocca, e non ti sbrodolare. Girati di schiena che ti faccio l'iniezione, ecco, ti metto a posto il lenzuolo, non lo sporcare più però eh! e così via. I malati terminali sono per gli infermieri dei piccini pasticcioni e poco ubbidienti che vanno trattati con una affettuosità spiccia e insofferente. Bambini che presto lasceranno il mondo ma sono inconsapevoli del loro infelice destino. Vanno vezzeggiati e nel medesimo tempo tormentati con imposizioni che gli infermieri stessi considerano inutili.

Dal minore rigore che mettevano le infermiere nel fare rispettare le precauzioni igieniche, dal permesso di entrare a tutte le ore, era chiaro che non si aspettavano più nessun miglioramento. Mostravano un certo riguardo per i parenti che presto avrebbero avuto un terribile dolore, ma nello stesso tempo non riuscivano a nascondere la fretta di liberare la camera per un altro malato terminale che avrebbe preso quel posto.

Si avvicinava il capodanno. L'aria si faceva più fredda, ma resa elettrica dal fermento cittadino. Si sentivano prove di botti che i romani avrebbero sparato l'ultimo giorno per salutare l'anno che se ne andava. Nell'aria c'erano canti festosi, musiche rock sgusciavano da finestre chiuse, i televisori tumultuavano con i loro rituali "per il popolo", la gente affollava i negozi per gli ultimi acquisti, dappertutto c'era odore di panettoni farciti di canditi, profumo di fiori freschi e di castagne cotte sulla brace.

La sera del 30 l'abbiamo trascorsa al capezzale di Giuseppe. Pareva stare un poco meglio. Cercava di raccontare un sogno che aveva fatto quella notte. Ma spesso si incantava, gli occhi fissi alla parete e sembrava ascoltare un richiamo che veniva da lontano. Le pupille diventavano vitree e il fiato gli si accorciava. Le gambe gli dolevano, tanto che dava calci al lenzuolo e si lamentava a voce alta.

La sete lo tormentava. Caterina gli inumidiva le labbra con il cotone bagnato. Ma lui non sembrava saziarsi di quelle stille d'acqua. Le mani deboli si volgevano verso la bottiglia che di solito stava sul comodino e stringevano l'aria in un disperato tentativo di bere. Ma poi si assopiva e il suo viso terreo perdeva ogni espressione.

La dottoressa ci ha detto francamente che non c'era più niente da fare. Ci ha chiesto se volevamo "sedarlo", almeno non avrebbe sofferto e sarebbe morto in pace. Qui è nata una discussione fra Daniela e Caterina, che non volevano a nessun costo lenire artificialmente il suo dolore perché sarebbe stato come accettare la sua morte in anticipo, e me che pensavo di acconsentire al suggerimento della dottoressa. Lei lavorava lì da vent'anni, conosceva il decorso della malattia, sapeva quando arrivava il momento della fine e voleva solo alleggerire le ultime sofferenze.

Sia Caterina che Daniela invece diffidavano di lei, non le credevano, volevano resistere a tutti i costi contando su una ripresa di quel giovane corpo d'uomo che certamente stava combattendo contro la malattia e sicuramente alla fine avrebbe vinto.

Ancora per un giorno il corpo di Giuseppe ha retto, con tutti i dolori e le contrazioni. Chiedeva da bere insistentemente, ma ogni tanto sorrideva, stringeva la mano della sorella. E lei era più che mai convinta che ce l'avrebbe fatta. Per questo continuava testardamente a rifiutare la sedazione.

La sera del 31 siamo rimaste al suo capezzale fino a notte inoltrata. Fuori facevano festa. Si sentivano gli scoppi dei mortaretti, l'allegria dei fuochi di artificio, le risate, i canti dei giovani che giravano in gruppo per strada, gli urli per festeggiare l'anno nuovo.

Poi, vedendo che il nostro malato si era assopito e aveva l'aria di respirare bene, siamo tornate ciascuna nelle nostre case: Daniela da suo marito e le due figlie, Caterina con lei, per acconciarsi il letto nel salotto come al solito e io nella mia casa vicino al Tevere dove i gabbiani di notte battibeccano rumorosamente.

Alle tre arriva una telefonata: vieni, Giuseppe sta di nuovo male. Mi infilo i vestiti di corsa, prendo la macchina e mi precipito all'ospedale. Daniela e Caterina erano già lì. Giuseppe delirava. Aveva gli occhi chiusi ed era scosso da contrazioni dolorose. Ancora una volta la dottoressa ha proposto di sedarlo, ancora una volta madre e sorella hanno risposto di no. Io ero per il sì ma non essendo ufficialmente della famiglia il mio parere contava meno del loro.

Le quattro, le cinque, le sei. Stavo seduta da una parte del letto stringendo nelle mie mani la sinistra di Giuseppe, Caterina e Daniela sedevano dall'altra parte del letto e si alternavano a trattenere la destra che correva a strappare il tubo dell'ossigeno. Giuseppe non apriva più gli occhi. Il suo respiro si faceva sempre più affannoso, il petto gli si gonfiava, sembrava soffrire. La bocca storta cercava aria ormai, nemmeno più l'acqua.

Ad un certo punto, ed erano ormai le dieci di mattina, improvvisamente ha smesso di ansare. «Finalmente si è addormentato» ha detto Caterina sollevata. E invece aveva smesso di vivere.

Il primo giorno dell'anno 2009, mentre la città si addormentava stanca dei festeggiamenti, tanti uomini dell'età di Giuseppe chiudevano le persiane dopo avere bevuto e ballato per buona parte della notte.

Una mattina luminosa, dal sole tiepido, le strade deserte, solo qualche spazzino raccoglieva i resti della festa: i romani hanno la brutta abitudine di gettare gli oggetti dalle finestre. Per questo è considerato pericoloso girare nelle ore attorno alla mezzanotte. Assieme con l'anno vecchio si buttano via le cose che in casa non servono più, senza pensare a chi passeggia sotto. I Pronto soccorso sono infatti invasi, la mattina del primo dell'anno, da gente che ha ricevuto in testa un materasso sfondato, una pentola bruciacchiata, o da chi si è ferito lanciando petardi accesi, partecipando a risse, buttandosi giù dalle scale, ubriaco.

Il nostro Giuseppe era lì, ormai muto, ancora contratto, il viso tirato in uno strano e misterioso sorriso, gli occhi chiusi, la bocca aperta come quella degli uccellini quando chiedono alla madre il nutrimento che non sono ancora capaci di procurarsi da soli. L'ultima richiesta di acqua che noi gli abbiamo negato, mi rimane nella memoria come una colpa, uno strazio che non mi potrò perdonare. Perché non ho insistito per farlo "sedare" come diceva la dottoressa, invece di lasciarlo morire contorto dal dolore, col respiro rotto e disperato? Non lo so, non lo saprò mai. Un pudore verso il volere della madre che pure lo adorava, ma non voleva credere alla morte del figlio anche davanti all'evidenza?

Proprio come la madre di Pasolini che fino all'ultimo ha negato la morte violenta del figlio. L'andavo a trovare nella casa dell'Eur e lei, appena mi vedeva, diceva: «Vieni, ti preparo un caffè. Pier Paolo è in giardino, ora lo chiamo. Siediti, raccontami che fai». Pier Paolo era morto da mesi.

Uno dei tanti cari morti nel giardino dei pensieri lontani. Lo immagino lì, sempre in movimento, come quando viaggiava con noi. Una maglietta bianca su un paio di pantaloncini azzurri. I capelli tagliati corti, gli occhiali dalle lenti squadrate. Corre ancora oggi, corre leggero e divertito, in mezzo a un gruppo di ragazzi, tirando col piede lieve un pallone sporco e mezzo sgonfio. Pier Paolo, sei lì dove ti vedo? mi verrebbe di chiedergli. E lo osservo mentre, sorpreso, alza la testa rubando alcuni secondi alla propria attenzione di calciatore in mezzo al campo. Si porta una mano davanti agli occhi accecati dal sole africano e mi guarda. Questa volta non parla, come ha fatto tante volte nei miei sogni dove mi appariva pronto a ricominciare, rimproverando i suoi tecnici perché non lo prendevano sul serio. «Dacia, digli che è morto, non può girare un film.» E lui, scrollando le spalle «Stupidi, io sono qua pronto a ricominciare, anche se questa morte mi ha fatto dimagrire di dieci chili. Ma ora basta chiacchiere, torniamo al lavoro!».

Lo vedo di lontano. È talmente intento a giocare che anche solo fermarsi per pochi secondi lo disturba. Solleva leggermente una mano sottile come per dire: sì, lo so che sei là, che mi guardi. Non mi perdere di vista. E subito riprende a correre, le gambe robuste dai muscoli in rilievo, le leggere scarpette con i tacchetti, i calzettoni rossi, i pantaloncini blu e la canottiera bianca. Si muove come un capriolo inseguito, zampetta e corre a zig zag. È agilissimo e spumoso, saltellante e delicato, i muscoli che si indovinano di acciaio, tesi nello sforzo, la bella faccia scavata, gli occhi intenti, dolci, sognanti. Mi guardi ancora una volta, Pier Paolo? Mi piace quando ti metti la mano sulla fronte, contro il sole e mi fai un cenno con la testa come a dire: ciao!

Ancora dopo più di trent'anni non sappiamo come sia morto Pasolini. Il giovanotto che gli è passato sopra con la macchina rubata si è dichiarato colpevole e questo è bastato ai giudici per condannarlo a sette anni di carcere perché minorenne. La pena scontata è stata poi di soli tre anni. E ora a ben trent'anni dal delitto, Pelosi ha confessato di non essere stato lui quel giorno a uccidere Pasolini.

Noi l'avevamo capito subito. Era impossibile che in un corpo a corpo in cui Pier Paolo si era ridotto a una fontana di sangue, chi lo ha ucciso non avesse addosso nemmeno una macchia rossa. E poi c'erano le impronte di tante scarpe sul terreno e un maglione in macchina che non apparteneva a Pier Paolo, nonché la traccia di una mano insanguinata sul portello dell'auto che non corrispondeva né a Pier Paolo né a Pelosi, il suo sedicente assassino.

Da ricordare: non è stato ucciso con una pistola, ma è stato picchiato con un asse, preso a calci e a pugni. Lui si era difeso, aveva combattuto e chiunque avesse lottato con lui avrebbe dovuto portare sui vestiti le tracce di una simile lotta. Invece niente, Pelosi aveva l'abito pulito e senza uno strappo. È probabile che Pier Paolo fosse già morto quando gli è passato sopra con l'automobile, ma chi l'aveva conciato a quel modo? Chi aveva infierito sul suo corpo fino a renderlo irriconoscibile?

Pelosi ha confessato che c'erano degli altri con lui quella maledetta notte a Ostia. Ma non ha fatto i nomi. Chi erano i complici? perché non lo racconta? ha ancora paura? chi voleva morto Pasolini? un gruppo di teppisti infuriati? dei delinquenti mandati da qualcuno che lo odiava? o altri, più potenti, gli volevano tappare la bocca perché sapeva cose che non dovevano essere rivelate?

Pasolini stava scrivendo un libro sui misteri della morte di Mattei e sul traffico di armi e di petrolio in Africa. Che sia stata questa la ragione per metterlo a tacere? Forse. Chissà se lo sapremo mai! Magari lo scopriranno fra cinquant'anni quando tutti i testimoni e le persone che gli hanno voluto bene saranno morte, me compresa.

"Il mistero rimane, temibile e osceno" sentenzia saggiamente Josepha, "come sono osceni tutti i misteri del nostro recente passato, non perché trattino questioni sessuali – in una società cattolica l'osceno riguarda solo il sesso – ma perché è fatto di intrecci segreti e non confessabili in cui è implicata non solo la società criminale ma lo Stato stesso con le sue istituzioni, come i

Servizi segreti fuori controllo e una parte della polizia corrotta e torbidamente collusa con le mafie."

La mattina del 2 gennaio sono tornata all'ospedale ematologico ma Giuseppe era già stato portato via. Tristissimo incontro con gli amici e i parenti all'obitorio. Un corpo in cui non c'è più la persona, che cosa è? Caterina continuava a toccargli le gambe gonfie e livide, lo baciava sulle guance, sulla bocca.

Per me cominciava invece il distacco dal corpo che avevo amato e coccolato. Cominciava la conquista della memoria. Per questo odio i funerali, il culto delle tombe. Non credo nelle sepolture come luoghi di incontro e di rimpianto. Il corpo sepolto è destinato a marcire sotto terra e non trovo salutare per il mio pensiero fermarmi su quel tumulo.

Il compito, dopo la morte di una persona amata, è quello di imparare a coabitare con il suo ricordo. La memoria cresce, come fanno i vivi, mentre il corpo morto rimane inerte e muto e tende solo a deteriorarsi. La memoria produce visioni e invenzioni, mentre il sepolcro è un sigillo sul passato che ti inchioda a un pezzo di terra, a un pezzo di pietra con sopra inciso un nome. Per questo ho cominciato subito a recuperare le sue fotografie, le registrazioni della sua voce, delle sue recite. Per questo ho inventato un Premio in suo onore.

Giuseppe aveva avuto una idea geniale: mescolare la musica popolare, moderna, con la poesia alta, antica e attuale. Aveva musicato liriche di Leopardi, di Pascoli, di Montale, di Alda Merini, di Pasolini e di Elsa Morante. Su questa scommessa di combinare insieme l'alto e il basso è nato il progetto di un concorso per giovani autori di canzoni. L'idea ha avuto successo. Il primo anno sono arrivati a Gioia dei Marsi, dove il Comune affettuosamente ha intitolato un centro culturale a suo nome, giovani compositori da tutta Italia portando canzoni che mettevano insieme le parole di Foscolo, D'Annunzio, Cecco Angiolieri, Natalia Ginzburg, Valerio Magrelli e Patrizia Cavalli con melodie che sortivano inquiete e serpentine da chitarre, pianoforti, armoniche a bocca, flauti e molti altri strumenti. Questa per me è l'allegria della memoria che dà voce e pensiero ai progetti di un giovane che se n'è andato troppo presto.

"Non devi piangere i morti perché risorgono in noi come la Fenice" scrive Josepha per consolarmi. E io penso a quel bellissimo volatile che ho visto in tante riproduzioni, dai colori tenui e delicati. "Gli antichi Egizi lo chiamavano Bennu" spiega professorale la incantevole Josepha. "Una cutrettola poi trasformata in airone, Bennu viveva sulla pietra Benben, nel tempio di Eliopoli, rappresentava il sole che muore la sera e rinasce ogni mattina all'alba, simbolo della vita eterna. Aveva il collo giallo, le piume del corpo rosse e la coda azzurra, il becco era d'oro, e aveva lunghe zampe d'argento."

"Un mostro insomma."

"No, una meraviglia di colori. Ma anche la Fenice muore e vuoi sapere come? Ogni cinquecento anni le sue penne si consumano e allora la Fenice si prepara a scomparire. Cerca un luogo appartato, nel cavo di una quercia per esempio e lì accumula piccoli rami di sandalo, di mirto, incenso e mirra. Lì si accomoda e si lascia morire bruciata dai raggi del sole. Ma dopo che il fumo è stato spazzato via dal vento, sotto la cenere profumata appare un uovo. Da quell'uovo nasce la nuova Fenice."

"Ma com'è che il nome Bennu diventa Fenice?"

"Bennu era detta anche Heron e i Greci la chiamarono Phoenix. Erodoto ne parla come di un'aquila sacra. Che sputa fuoco e vola alto... Qualcuno la considera la metafora dell'anima. Gesù è risorto, proprio come la Fenice egizia."

"Ma senza uovo e senza mirra."

"La mirra viene offerta alla sua nascita, ricordi i tre re magi? Portano in dono oro, incenso e mirra, le materie di cui si adorna la Fenice."

La fantasmagoria della Fenice mi tiene compagnia quando non riesco a dormire.

A me piacciono però soprattutto le storie di coloro che si sono addentrati nell'Ade per riportare alla terra un morto. Sono racconti più umani.

"Come Orfeo con Euridice?"

"Ma Orfeo non riesce a riportare alla vita Euridice."

"Infatti, i morti non possono rivivere. Eppure il suono della sua lira era così meraviglioso che tutti, incantati, lo ascoltavano. Perfino le acque dei fiumi si mettevano a danzare, gli alberi si chinavano per prestare orecchio alle sue note, gli uccelli smettevano di volare per ascoltare la sua musica e gli animali selvatici uscivano dalle tane estasiati."

"Orfeo amava Euridice ma Euridice amava Orfeo?"

"Le leggende dicono di sì. Ma certo c'era anche un altro giovane, un certo Aristeo che la cercava e la inseguiva per i boschi."

"E lei lo amava questo Aristeo?"

"Virgilio dice di no, che lei scappava da Aristeo, e proprio fuggendo incappò in una vipera che la uccise. Lo racconta anche Seneca."

"E se invece Euridice fosse andata nel bosco per incontrare Aristeo?"

"Sei maliziosa. I racconti antichi parlano di un Orfeo e di una Euridice che si amavano teneramente.

Lei morì per il morso di un serpente e lui decise di scendere nel regno dei morti per riportarla alla vita."

"E come fece per raggiungere Euridice?" Lo sapevo, ma volevo che lei raccontasse, perché il racconto, ogni racconto mi riempie di aspettative gioiose.

"Chiese a Caronte un passaggio per attraversare il fiume Stige e Caronte non riuscì a dirgli di no. Mentre remava ascoltava la lira e piangeva per la commozione. Neanche Cerbero, il cane dalle tre teste che sbranava chi voleva entrare da vivo nel regno dei morti, abbaiò al suo arrivo, ma si accucciò pacifico rizzando le orecchie. E le Erinni, invece di aggredirlo, se ne stettero incantate a seguire l'armonia di quella lira.

"Così Orfeo raggiunse Euridice e la prese per la mano. Ma Ade lo fermò e gli disse che gli avrebbe concesso questo enorme favore, in nome della sua musica e del suo amore, ma a patto che non si voltasse mai a guardare la sua amata prima di essere completamente uscito dal paese dei morti. Orfeo acconsentì. E cominciò ad arrampicarsi per lo stretto sentiero buio che portava verso la vita. Dietro di lui veniva Euridice avvolta in un peplo bianco e dietro ancora Hermes, mandato da Ade per controllare che veramente Orfeo stesse ai patti. Ma quando arrivarono proprio ai confini del regno dei trapassati, vedendo una luce che illuminava il sentiero e pensando di essere già sull'uscita,

Orfeo si voltò raggiante verso la sua sposa e proprio in quel momento lei fu riafferrata dalle forze del buio e riportata indietro, nonostante tendesse le braccia in un disperato tentativo di attaccarsi alle mani protese del suo uomo."

Josepha sa raccontare. E io rimango affascinata dalle sue parole che mettono radici in una memoria strepitosa che l'accompagna come una sorella diletta. Io che sono così priva di memoria, che raccolgo come una formica ogni granello di ricordo e lo trascino faticosamente verso una tana sempre minacciata dalla rovina, invidio la sua capacità luminosa di unire le parole ai fatti, alle storie che palpitano sulla sua lingua come sostanze vive.

Storie che si sono stratificate in tempi remoti e hanno acquistato lo splendore del mito. Storie che ogni volta si rinnovano nel racconto come la Fenice egizia, la Bennu dal becco d'oro. Un'aquila selvaggia e splendente che vola verso il sole per farsi incendiare e poi morire e quindi rinascere. È questa la meraviglia del volgere del tempo, di generazione in generazione?

"E dove sono le miserie, i dolori, le ferite, le mortificazioni, le paure che accompagnano la nostra povera vita quotidiana?" chiedo "santa Caterina da Siena trangugiava l'acqua con cui era stato lavato un morto di peste coperto di piaghe e di bubboni. Era una sfida alla morte per amore della vita?"

"È la nostra religione che preferisce il sacrificio alla felicità. Anzi minacciosamente dice: non credere di potere raggiungere una qualche contentezza terrena, la vita è dolore e pianto, solo nell'aldilà, se sarai stato buono e ubbidiente, troverai il compenso e la gioia. Per questo il sudore e il pus sono da preferirsi ad un grande volo con l'uccello dal becco d'oro e le ali colorate come la bandiera della pace."

La sera mi vado a rileggere le parole di Virgilio che scivolano nell'orecchio come un liquore amaro e aromatico. "Le ombre trasparenti spinte dal canto e i fantasmi di chi è privo di luce, venivano dai luoghi profondi dell'Erebo, come molte migliaia di uccelli che si nascondono tra le foglie quando la sera o la pioggia invernale li spinge giù dai monti. Cadaveri di donne e uomini camminavano... tra loro magnifici eroi, giovani e fanciulle non ancora sposate, donne bruciate sul rogo davanti agli occhi dei parenti, venivano giù circondati dal nero fango e dalle pallide canne della odiosa palude dall'acqua ristagnante chiamata Cocito, che li tiene prigionieri mentre lo Stige scorre per nove cerchi. La stessa casa della Morte e i luoghi profondi del Tartaro si stupirono e così le

Eumenidi dalle chiome avvolte di neri serpenti e così anche Cerbero stupito che tenne le tre bocche aperte, e la ruota del cerchio di Issione si fermò col vento.”

Euridice che si allontana risucchiata dalla notte, Virgilio la paragona a “un tenue fumo”. Sono fatti di fumo i morti? Nei miei occhi compare il ricordo degli inquietanti corpi maschili, corpulenti e anziani vestiti e mascherati da donne del teatro Nō. Coperti di abiti meravigliosi, di raso, di seta, dai colori sgargianti, elegantissimi, si muovono secondo regole stabilite da centinaia di anni, rappresentando personaggi morti che cantano e conversano coi vivi. Il grandioso fumo teatrale di un rito astratto e simbolico.

Una volta in un teatro Nō di Tokyo ho visto morire un attore. Tutti hanno pensato che quel tremore dei gesti, quei passi titubanti e barcollanti, ma sempre controllati e armonici, facessero parte della rappresentazione teatrale. Lo splendore del Nō, pensavano. Invece l’attore che agitava con grazia un poco traballante il ventaglio davanti ad un enigmatico e serenissimo volto di donna, stava morendo sul serio. Non osava chiedere aiuto. D’altronde nessuno l’ha fermato nei suoi gesti di morente. Ha continuato fino all’ultimo respiro a recitare la sua parte di fanciulla dalla voce sottile. E alla fine è caduto disteso sul palco.

Sono arrivati due inservienti a prenderlo per le braccia e le gambe. Nel trascinamento la maschera femminile è scivolata di lato ed è apparso un viso d'uomo anziano, rugoso e cereo, una bocca contratta da cui usciva un filo di sangue. Una immagine difficile da dimenticare. La finzione della finzione si rompeva davanti ai nostri occhi stupiti.

Lo spettacolo però non è stato interrotto, non c'è stato un minuto di intervallo o di silenzio in onore di quel povero attore morto nel pieno del suo lavoro. Gli Hayashi, coi loro flauti e i loro tamburi hanno ripreso con vigore la musica antica, accentuando le voci gutturali che in quel momento drammatico suonavano alle nostre orecchie come disperati latrati di lupo.

«Ma a questo punto che ne è di Orfeo, rimasto solo e disperato?» chiedo dando voce alla mia insaziabile fame di narrazione.

«È impudico e infantile cercare sempre di sapere come vanno a finire le storie» mi sgrida Josepha, «i racconti qualche volta rimangono sospesi ed è giusto lasciarli incompiuti.»

Ma io insisto: «Sarò impudica e infantile ma a me piace sapere come vanno a finire le storie. Una cosa che ho in comune con tutti i lettori del mondo».

Josepha storce la bocca, come solo lei sa fare, con un misto di snobistica noia e di ironia affettuosa. Questa volta siamo insieme a Boston davanti a una tazza di tè verde.

«Se proprio vuoi saperla te la racconto la fine di Orfeo anche se è brutale. Ci sono varie versioni della sua morte, ma quella più conosciuta narra che Orfeo, non riuscendo più a guardare una donna che non fosse Euridice, si ritirò su una collina e aprì una scuola di musica per giovinetti. Questa preferenza per il sesso maschile però sembra che infastidisse le cultrici di Dioniso, le Baccanti, che la interpretarono come una offesa al sesso femminile e per questo un giorno la scuola venne invasa, Orfeo preso prigioniero, ucciso e fatto a pezzi. La sua testa venne gettata nel fiume Ebro.»

«Sembrerebbe una accusa di omosessualità da parte delle cultrici di Dioniso.»

«Forse lo era.»

«Ma a loro volta le Baccanti non erano comunità tutte al femminile? Non erano omosessuali anche loro?»

«Altri dicono che le Baccanti si fossero irritate per il fatto che Orfeo, invece di evocare Dioniso, adorava il dio Sole. Erano donne terribili comunque le Baccanti, che nei momenti d'ira collettiva diventavano fortissime, squartavano con le loro mani buoi interi e si cibavano delle loro carni crude. Lo sai, vero, quello che fecero a Penteo che aveva osato mettere in dubbio la qualità divina di Dioniso?»

«Sì lo so, ma racconta, mi piace sentirti raccontare.»

«Il re Penteo non credeva alla divinità di Dioniso e quando le Baccanti si misero in corteo con a capo il loro adorato signore, lo fece arrestare e chiudere in galera. Dioniso, senza dire una parola, si servì di un terremoto per uscire libero. Intanto dal monte Citerone dove si erano radunate le Baccanti arrivavano notizie terrificanti: le donne infuriate per l'imprigionamento di Dioniso, si erano gettate su una mandria di vacche e le avevano squartate vive, avevano invaso un villaggio e distrutto case e bruciato depositi di grano. Allora Penteo, contro il parere del nonno Cadmo e di Tiresia, decise di vestirsi da donna per andare a spiare quello che facevano le Baccanti, fra le quali c'era anche sua madre Agave. Ma fu scoperto mentre spiava arrampicato su un albero, vestito da donna. Lo presero e lo squartarono, come avevano fatto con Orfeo. Lo fecero a pezzi. La stessa Agave, sua madre, infilzò la testa del figlio su una picca e la portò in trionfo, urlando che avevano squartato un leone.»

«Quindi non erano consapevoli di avere fatto a pezzi un uomo?» chiedo io che ho sempre provato una certa perplessità di fronte alla furia delle Baccanti.

«Hai toccato un punto delicato e misterioso: fino a che punto le Baccanti erano consapevoli di quello che facevano? Dalle azioni di Agave si direbbe che non lo fossero per niente. Dioniso le ubriacava e le faceva delirare.»

«Quindi erano pazze? Puri corpi manipolati da un dio rabbioso e vendicativo...»

«Pazze sì, ma solo per un breve periodo. Tanto è vero che quando Agave si rende conto di avere ammazzato il figlio e di portare la sua testa infilzata su un tirso, quasi muore di vergogna e di orrore.»

«Allora non si trattava di una scelta religiosa, per quanto selvaggia, ma di una perdizione, una resa alle forze irridenti del male. Cosa voleva dire Euripide con le *Baccanti*?»

«Probabilmente voleva dimostrare che la bella civiltà costruita su un ideale apollineo basato sull'armonia si stava sfaldando di fronte allo scontro con nuove forze temibili provenienti da paesi sconosciuti che i Greci chiamavano barbari.»

«Ma perché queste forze sconosciute e barbare abitavano solo corpi di donne?»

«I Greci vedevano le donne come più animalesche degli uomini. Un corpo da domare e controllare che, lasciato a se stesso, poteva portare rovina e distruzione.»

«Ci vuole molta fantasia per trasformare in forza distruttiva il corpo femminile che invece costruisce e dà la vita.»

«Se un sesso vuole dominarne un altro, deve per forza attribuirgli qualcosa di pericoloso e temibile. Deve trasformarlo in nemico se veramente lo vuole soggiogare. E ci sono riusciti anche molto bene, non ti sembra?»

«Ma perché un sesso vuole dominare l'altro?»

«Il potere, bambina, è un istinto primordiale.» Josepha mi chiama bambina quando vuole fare la madre saggia e anche la sua voce cambia in questi momenti, diventa bassa, nobile e convincente.

«Qualsiasi animale, qualsiasi uomo, forte o debole che sia, vuole avere la libertà di decidere per sé e per gli altri, vuole governare e dominare. Anche le donne avrebbero voluto governare, naturalmente, ma non avendo strumenti, si rivoltavano come facevano i contadini poveri di una volta, con feroci jacquerie. Invece delle armi usavano le mani, e quando non avevano forza nelle mani abituate a ricamare, usavano l'astuzia e il veleno. Le popolane però avevano mani robuste che si erano rinforzate lavando i panni alla fontana, tirando su secchi d'acqua dai pozzi, strozzando galline, spaccando legna, accendendo il fuoco, mescolando la polenta, impastando il pane, mungendo le vacche, amalgamando cenere e lardo per fare sapone, battendo il latte per farne burro.»

«Secondo te Euripide credeva veramente che le ateniesi del suo tempo fossero capaci di fare a pezzi un uomo a mani nude?»

«Virgilio scrive nelle *Georgiche* che la testa mozza di Orfeo, bianca come il marmo, sbattuta dalle onde, ripeteva: "Ah, Euridice!, misera Euridice!" mentre la sua lingua già resa azzurrina dalla morte andava diventando sempre più rigida e nera.»

«Una visione macabra.»

«È quello che racconta Virgilio.»

«Finita lì la storia? Con la testa mozza in mezzo alle onde che mormora: Ah Euridice?»

«No, non è finita lì. Tutti piansero la morte di Orfeo la cui musica commuoveva fino alle lacrime: le ninfe si vestirono di nero, gli animali selvatici tornarono innervositi a correre in cerca di prede più deboli, le Muse si misero a muggire come vacche a cui sono stati sottratti i vitelli. Gli dei, che nel frattempo si erano molto arrabbiati per il delitto insensato delle Baccanti, mandarono per punizione la peste in Tracia.

«La popolazione, dopo mesi di sofferenze e di morti, decise di chiedere un parere all'oracolo, e questi sentenziò che tutto avveniva a causa della testa mozzata di Orfeo che chiedeva vendetta. La testa fu trovata e collocata nella grotta di Antissa. E lì cominciò a profetizzare, ed ebbe tanto successo che la gente, invece di andare dai sacerdoti di Apollo, correva da lui. Allora Apollo stesso scese a visitare la testa di Orfeo, e gli impose di smettere di vaticinare.

«Da quel giorno la testa tacque. Ma per lui cantarono gli usignoli. E Zeus, per compensare il povero Orfeo, ne portò in cielo lo strumento con cui accompagnava il canto: nacque così la costellazione della Lira, in ricordo di un grande musicista che incantava con le sue note e la sua voce ineguagliabile.»

«E chissà che quella costellazione non significhi anche una memoria in favore dell'omosessualità e della libertà di insegnamento di un poeta.»

«Pensi a Pasolini?»

«Non una costellazione, ma una stella in suo onore, che dici?»

Invecchiando il cuore si riempie di morti. Si trasforma in un piccolo cimitero che vorrei assomigliasse più al giardino fiorito di Harvard che ai cortili ingombri di cassettiere di cemento di casa nostra.

Amici scomparsi anzitempo, amori lontani, nonni, zie, zii, padri amorosi, cugini straziati, cognati, sorelle. Per fortuna mia madre è viva, ha quasi cento anni e mi telefona due o tre volte al giorno. «Hai sentito che vogliono tagliare gli alberi del Lungotevere per farci dei garage? Devi scrivere qualcosa per protestare. A una città servono di più gli alberi che i garage» dice saggiamente, «abbiamo ancora il feticcio della macchina, senza pensare che presto le dovremo buttare tutte via perché non ci sarà più benzina, torneremo a scoprire le biciclette e i carretti coi muli.» Il mondo intero la preoccupa. Vorrebbe rimediare ai guasti ma non ha più la forza di protestare. Perciò chiede a me di farlo.

Quando le viene la febbre, chiede al medico se è arrivato il momento di morire. Il medico risponde di no, che ha un cuore di ferro e lei sorride mormorando: «In effetti non sono ancora pronta».

Questo non le impedisce di prepararsi con serena razionalità al grande evento. L'altro giorno mi ha gridato al telefono: «Come faccio a essere giusta verso di voi col testamento? Lo faccio e lo rifaccio ogni giorno.

Il quadro che sta appeso nella mia camera da letto è di un pittore famoso in Giappone, che certamente a Tokyo si venderebbe a centinaia di migliaia di dollari, ma qui nessuno lo conosce… come lo devo calcolare, secondo il prezzo giapponese o quello italiano?».

«Mamà, ti prego, non ti arrovellare. Non ha nessuna importanza.»

«Tu ti rifiuti di pensare alla mia morte. Ma io ci penso sempre. La sola cosa che non vorrei è morire da sola, magari dormendo.»

In effetti non mi va di pensare alla sua morte. Per una parte della mia mente lei è eterna. Nessuna morte può toccarla. E per quanto razionalmente mi dica che dovrà succedere, il mio sentimento respinge l'idea. Ciò di cui non si dice, non esiste, come insegna un filosofo. Sono le parole che danno corpo alle cose e non viceversa.

«Non dire sciocchezze. Le cose esistono eccome, a prescindere dalla nostra volontà e dal nostro linguaggio.»

«Sei sicura che esista il tempo? Non è una nostra invenzione?»

«Il tempo che passa lo vedi sulla pelle del tuo corpo. Lo capisci dai dolori alle ossa. Dalla perdita della memoria e dell'energia. Questo è il tempo che passa.»

«Ma una stella è lì a dirci che sebbene sia già morta, noi vediamo la sua luce. Non è tempo anche questo? Il tempo che impiega la luce a raggiungerci dalle distanze siderali che tempo è? Nel frattempo quella stella è morta o viva per noi?»

«Io dico, come papa Giovanni: ho le valigie pronte. Forse me ne manca una, piccolissima che non riesco a trovare. Quando mi apriranno la porta, andrò. Ma non vorrei morire sola.»

«C'è sempre qualcuno con te.»

«La domenica sono sola. Elena mi aiuta a lavarmi, vestirmi e poi mi lascia sola davanti a una tazza di latte. Fino a sera, quando viene Mario, sono sola.»

«Hai delle nipoti che ti amano: la bella e sorridente Mujah, la saggia e laboriosa Nour, la stravagante fatina dai capelli azzurri Yoi.»

«Mujah ha i suoi bambini da accudire, Nour ha il fidanzato che lavora tutta la settimana da vedere, Yoi sta lontanissima e tu viaggi sempre. La domenica sono sola e non voglio morire sola.»

«C'è Toni che è sempre così affettuosa e disponibile e poi sta vicino a te.»

«Ma anche lei è occupata coi bambini. Come tutte le nonne di oggi che debbono sopperire alla mancanza di asili e di mezzi. Io non voglio morire sola...»

La sua voce suona rancorosa e amara al di là del telefono. Un groppo alla gola. Lo strazio di chi chiede aiuto ma senza piagnucolare, con volitiva chiarezza.

Sempre più soli e dipendenti dagli altri, questa è la vecchiaia. Che vorrebbe essere assistita, curata, accudita, ma per amore, non per dovere. Che vorrebbe il sacrificio della vita quotidiana familiare, ma senza intoppi, per puro miracolo dei fatti. E questo, lei lo sa meglio di chiunque altro, è impossibile. E allora protesta, ma senza lagnarsi, con la giusta e vitale pretesa di chi sa di avere dato molto e vorrebbe ricevere altrettanto.

Mi vengono davanti le immagini strazianti di un episodio, intitolato *Come una regina*, del film *I nuovi mostri*, in cui si vede un Alberto Sordi confuso, impacciato e lacerato, che porta all'ospizio la vecchia madre che la moglie non vuole più in casa. Ma non glielo dice fino all'ultimo. La madre crede che il figlio la stia conducendo a fare una passeggiata in macchina e chiacchiera contenta. «È da tanto che non andiamo più da qualche parte insieme» dice e lui acconsente: «Stiamo bene tu e io, vero mamma? Ora vedrai, andiamo a vedere un bel posto».

Il bel posto si rivela una specie di prigione: una casa spartana e vuota dove degli anziani abbandonati dalle famiglie giocano a carte su un tavolo malandato; dove delle donne dai capelli bianchi si trascinano sulla sedia a rotelle fra un giardino spoglio e un corridoio lungo dai vetri opachi.

Solo quando la suora la prende per mano, la trascina verso le camere da letto e il figlio la saluta imbarazzato, la donna capisce il suo destino. Ma ancora prova a traccheggiare: «Non ho preso niente, nemmeno la camicia da notte» dice. E il figlio, disinvolto, trionfante, tira fuori dal baule dell'auto una valigia che la nuora ha preparato per lei. «Dentro c'è tutto, mamma, vedrai che non manca niente e poi ti verremo a trovare spessissimo.»

La donna rimane sbalordita. Ingannata e perduta, si guarda intorno con rassegnazione. Capisce subito che la sua stanza è già stata sequestrata e ripulita per allargare la casa, e che sarà destinata a morire in quel tristissimo ospizio.

Il raggiro è orribile e Alberto Sordi racconta con mimica efficacissima la viltà di un uomo che, per amore di pace, sacrifica la vecchia madre. Non sempre è così per fortuna. Nel nostro caso, mia madre gode di una casa propria, dispone di una accompagnatrice, Elena, che vive con lei ed è gentile e forte e intelligente, di un genero che l'adora e le sta sempre vicino, di due figlie che non la porterebbero mai in un ospizio, di nipoti adulte che sono a sua disposizione – tenendo conto però della nostra autonomia – come precisano loro.

Ma quello che il film vuole dimostrare non è solo una "anestesia del cuore" tipica di questi tempi molli e privi di responsabilità, bensì la stupidità della famiglia moderna che non è capace di valorizzare la vecchiaia, preferendo considerarla un vuoto a perdere. Che non sa cosa farsene degli anziani, magari li riempie d'oro ma li disprezza e li abbandona anche se non fisicamente, in qualche ospizio della mente.

"Se esalti la giovinezza e la produttività, tutto ciò che non è giovane e produttivo, deve essere buttato via", scrive Josepha dalla sua bella casa del campus americano, dove gli allievi vanno a parlarle in qualsiasi ora del giorno. L'insegnante deve essere a disposizione degli studenti, dice la regola del college. E alla fine dell'anno saranno loro a dare i voti. Se l'insegnante non avrà una maggioranza di buoni voti, sarà mandato via.

"Te l'immagini da noi? Dove gli insegnanti fanno tutti un altro lavoro, mandano gli assistenti a fare gli esami e per avere un appuntamento per discutere della tesi, uno studente deve aspettare mesi e sudare sette camicie. Qui è impensabile che un professore abbia un'altra occupazione. Devi essere a completa disposizione degli studenti. Gli studenti non possono essere più di dieci, al massimo dodici. Sei pagato bene, hai la casa gratis e molto rispetto, ma devi sgobbare e anche studiare, essere sempre aggiornato. E per farlo ti mettono a disposizione le più articolate e le più fornite biblioteche del mondo dove puoi girare a tuo piacere. Per questo amo insegnare in questo posto."

Mi telefona Yoi per dirmi che Agnese, la moglie di Sandro, il fratello di suo padre, sta in ospedale. Io sono in montagna per finire questo libro e non posso andare. «Tienimi informata» le dico. E lei mi chiama di notte per dirmi: «Sta molto male, povera Agnese, l'hanno intubata, zio Sandro non la lascia un momento. Credo che faremo la notte».

Quella parola, *intubata*, mi porta alla memoria un libro dolce e terribile di Antonia Arslan che ho appena letto, intitolato *Ishtar 2*. Racconta la storia di una donna – la stessa autrice – che ha intrapreso il viaggio verso la morte, per poi, coraggiosamente fermarsi prima dell'ultima curva e faticosamente, dolorosamente, tornare indietro.

«Come Euridice?» chiede Yoi scuotendo i lunghi capelli azzurri. Da ultimo ha composto delle bellissime musiche. Ma fatica, come tutti i giovani di talento, a entrare nel mondo della distribuzione musicale.

«Proprio come Euridice. Solo che Euridice, per la leggerezza di Orfeo, è stata risucchiata nel buio, mentre Antonia è riuscita a uscire dalle tenebre e tornare alla vita. Senza la guida di Orfeo, per una propria invincibile propensione alla gioia di vivere.»

La cosa che più colpisce del romanzo è proprio lo strazio dell'intubazione, e del coma farmacologico. Una stanza silenziosa piena di letti, ma i corpi che li abitano sono inerti. Una stanza di morti viventi. Proprio come deve essere parso a Orfeo il mondo dell'aldilà una volta arrivato al termine di quel sentiero roccioso.

Antonia non racconta le esperienze del redivivo dal punto di vista di chi osserva i corpi silenziosi e immobili passandoci in mezzo con preoccupazione, bensì dal punto di vista di chi è steso sul letto, con le vene trafitte da aghi, un tubo infilato in gola, apparentemente in coma.

Un corpo che non può muoversi, non può parlare. Gli occhi però vedono e la mente ragiona, anche se confusamente. La sete la tormenta e non può bere. I pensieri vagano oscillanti, spaventati, mentre la stanza si riempie di ombre minacciose.

"Ero nel panico" scrive, "cercai di muovere le mani per toccare il tubo ma le braccia non risposero all'ordine, non si mossero. Cercai di agitare la testa sul cuscino ma presto mi fermai perché la gola mi faceva male. Cercai di proiettare un comando mentale ma mi facevo ridere da sola. Allora cercai di ricordarmi qualche verso a memoria, di quelli che sempre mi calmavano con l'onda ritmata delle immagini."

Ecco, questa idea di calmare la paura con la poesia l'ho trovata spesso raccontata da chi ha provato il terrore e la paralisi del pensiero. Solo la poesia può medicare e calmare come un elisir di pace e rassicurare l'intelligenza contratta e resa asfittica dalla paura.

"'Al pio colono augurio / di più sereno dì...' Si formulò infine questa frase nella mia mente e la vedevo stampata in bei caratteri corsivi su un foglio di fronte a me: mi chiesi chi era il pio colono e mi ricordai altre parole: 'imporpora' e subito dopo 'dietro il monte' e 'trepido occidente'. Sapevo che stavano insieme ma non riuscivo a sistemarle nella giusta sequenza e tuttavia mi rallegrò e mi acquietò l'immagine di un tramonto che diventava color porpora e mi piacque – senza però capirne bene il senso – la parola 'trepido' come un dio antico che esitasse e tremasse un poco spargendo nel cielo i colori caldi del tramonto."

Anche nei campi di sterminio era la poesia a tenere vicine le teste mangiate dai pidocchi, nelle baracche gelide, dimentiche delle piaghe, della dissenteria, della fame che lacerava lo stomaco. Chi conosceva una poesia a memoria, la ripeteva lentamente a voce alta e gli altri ascoltavano in cerchio, silenziosi, incantati. Era la sola musica che non parlava di morte in quei campi che puzzavano di cavolo e di sangue.

Un ragazzo abbrutito che poco prima stava meditando di rubare il pane stretto fra le dita di un moribondo, ora sente gli occhi farsi umidi e una lacrima scendere lungo la guancia smunta. È questa la grande forza vitale della poesia?

Agnese è morta stanotte. Ha telefonato Yoi per dirmelo. È morta che aveva appena compiuto settant'anni ma ne dimostrava venti di meno. Una donna minuta, fortissima e sempre sorridente. Sapeva tante lingue, era indipendente e coraggiosa. Non si arrabbiava mai. Il suo sorriso timido ma sempre pronto riusciva a conciliare le dispute più accanite. Per questo era popolare e il suo lavoro apprezzato. Tutti la cercavano perché portava tranquillità, perché dava sicurezza, perché sapeva ragionare e placare le ire dei più bellicosi.

Un giorno mentre aspettava un aereo si è scoperta a guardarsi le mani chiedendosi chi fosse. Non ricordava più il suo nome e neanche dove fosse e dove si stesse dirigendo. Ha taciuto vergognosa, aspettando che passasse quel momento terribile di oblio. E in effetti è passato anche se ha perso l'aereo ed è tornata a casa avvilita con il passaporto in mano.

Per qualche settimana tutto è sembrato tornare nella norma. Ma le parole cominciavano a morire nella sua bocca. Sollevava i bellissimi occhi verdi e guardava nel vuoto cercando un pensiero che, stracciato, volava via da lei, senza lasciare tracce.

È dovuta andare dal medico che ha sentenziato crudele: morbo di Alzheimer. «Si tratta di demenza senile precoce dei lobi frontali» ha spiegato freddo il medico al marito, «non può che peggiorare. Per il momento non abbiamo medicine adeguate. Possiamo provare a rallentare il processo, ma non riusciremo a fermarlo.»

«Ma se non ha ancora settant'anni!» ha replicato il marito, l'uomo più saggio e affettuoso che si possa immaginare. Lo zio Sandro che con le grandi mani pazienti tiene il mondo sulle spalle, come l'Atlante raccontato da Erodoto e non si lamenta mai di quel peso. L'uomo che si ammazza di lavoro per mantenere la moglie malata e una badante che le stia appresso quando lui non c'è. L'uomo sempre pronto a dare una mano a chi si trova in difficoltà, esseri umani e animali: cani, gatti, asini, oche, l'uomo che ha trasformato il soggiorno di casa in una enorme e accogliente camera di riposo per la sua amata Agnese, mettendo il letto al posto della tavola, circondandola di fiori.

Così hanno vissuto per diversi anni, lei sempre più inabile e smemorata, lui sempre più attento e insonne. La badante si chiama Viorica, viene dalla Romania. È una donna forte, coraggiosa e sicura di sé. Sandro e Viorica nel giardino di campagna hanno seminato un orto dove crescono rigogliose zucchine, pomodori squisiti, melanzane, fagiolini, cipolle e patate. La sua risata di contadina a cui piace zappare, cucinare e mangiare, è contagiosa.

Oggi Agnese è morta. Anche da morta non ha smesso di sorridere. Ha solo chiuso gli occhi verdi e non respira più. Certamente la sua discesa nel paese delle ombre sarà facile e vi troverà molti amici. Se avesse scovato nella memoria dei versi, come è successo all'ardimentosa Antonia, forse non se ne sarebbe andata così presto. Ma la sua memoria si sfaldava, era piena di buchi e le poesie hanno bisogno di un tessuto saldo. Il tessuto connettivo della reminiscenza e della narrazione. Il destino non è stato generoso con lei.

"Quando considero la piccola durata della mia vita assorbita nell'eternità che la precede e la segue" scrive Pascal, "quando considero il piccolo spazio che io occupo e quello pur così piccolo che io vedo, inabissato nell'infinita immensità degli universi che io ignoro e che mi ignorano, mi spavento e mi sorprendo di vedermi qui piuttosto che là, poiché non v'è ragione per cui io stia qui piuttosto che là, per cui sia adesso piuttosto che allora. Chi mi ci ha messo? Per ordine e per opera di chi sono stati destinati a me questo luogo e questo tempo? *Memoria hospitis unius diei praetereuntis* (Ricordo dell'ospite di un giorno che subito passa, Libro della Sapienza)".

Severo e temibile discorso che vuole ricordarci la brevità del nostro stare al mondo, la vanità delle nostre stupide presunzioni. Giusto, caro Pascal, hai ragione, ma pure ti dico che un corpo vivo ha bisogno di prolungarsi nel tempo con l'immaginazione, anche dopo la sua fine terrestre, immergendosi in un sogno di continuità rassicurante. Non è abbastanza crudele la vita quotidiana perché non sia legittimato un sogno di pace nel dopo vita? La crudeltà del nulla paralizza le membra e le rende nemiche di se stesse.

La nostra mente rifiuta di mettersi addosso cilici segreti. Vuole, come Odilia, trovare la gioia del vivere e del morire. In vista di un giardino dei pensieri lontani. Un giardino soffice, fitto di alberi ombrosi, dove passeggiano leoni e cervi e orsi, senza mangiarsi l'un l'altro.

Mi piace immaginarlo così, nella mia mente che invecchia, il giardino dell'aldilà. Un luogo delicato e accogliente, in cui i nostri amati morti, fatti leggeri e savi, camminano agili, riflettendo. Ci saranno angeli? Ci saranno santi, martiri, divinità, si vedrà l'ombra di un dio potente e punitivo? Forse no. Forse sarà la voce della poesia a tenere in movimento le menti. E le parole penderanno dai rami come frutti. E si faranno canto mentre la lira di Orfeo riprenderà a suonare scendendo dal cielo stellato.

Finito di stampare nel mese di novembre 2011
presso Grafica Veneta - via Malcanton, 11 - Trebaseleghe (PD)

Printed in Italy